鬼の子いとしや桃の恋

野原　滋

CONTENTS ✦目次✦

鬼の子いとしや桃の恋

✦カバーデザイン＝chiaki-k（コガモデザイン）
✦ブックデザイン＝まるか工房

イラスト・金ひかる✦

鬼の子いとしや桃の恋

真夏の太陽がジリジリと肌を焼く。

炎天の下、西園光洋は全速力で走っていた。

濃い緑の匂いが光洋の身体を包んでいる。焼けるような熱風と草いきれにむせながらも、光洋は足を止められなかった。

耳が何かで覆われたようになり、自分の呼吸音しか聞こえない。心臓が破裂しそうだ。こめかみから汗が流れ落ちる。だけど背中を伝う汗は、冷や汗だった。

足は速いほうだと自負している。大学へ入ってから測ったことはないが、高校の体育では、百メートル走は十二秒台前半だった。本格的に練習すれば大会で上位に入れるぞと、陸上部の顧問からスカウトされたこともある。持久力にも自信があった。

これだけ走れば普通なら簡単に振り切れているはずなのに、後ろの気配が一向に遠くならない。そればかりか、本気を出せばすぐにでも捕まえてみせるぞと言っているような軽い調子で、易々と後ろをついてくるのだ。

まるで勝ち目のない鬼ごっこをしているようだ。

――鬼。

頭に浮かんだ言葉にギクリとし、走りながら光洋はえずいた。

そんなはずはない。鬼なんか、この世にいるはずがないのだ。「鬼鎮め」の儀式なんて、形式だけだ。誰も本物の鬼がいるなんて信じていない。

……じゃあ、後ろにいるあれはなんだ？

追ってくる気配が尋常ではない。得体の知れない恐怖に苛まれ、その恐怖から逃れるように光洋はひた走る。

ここは無人島だ。人の立ち入らないはずの小さな島には何故か生活のあとがあった。今光洋が走っている道も、舗装はされていないが、幾度も行き来し、踏み固められた形跡がある。

夢中で走っているうちに道が途切れ、目の前に草原が広がった。真夏の暑さに負けず、色とりどりの花が咲いている。花や草木の合間に土が見え、細い棒が刺さっていた。これも自然にできたものではないと分かる。誰かが土を掘り、その上に棒を刺したのだ。何かの目印のつもりか、棒は草原のあちらこちらにあり、五十本近くはあった。

草原の中に入っても、追いかけてくる気配がなくならない。草の中を突っ切って更に前に進もうとすると、ブオン、とそれが急激に近づいた。

捕まってしまう！　そう直感した光洋は、すぐ側に刺さっていた棒を引き抜いた。

肩を上下させながら、懸命に息を整える。足を止め、振り返りながら素早く構えをとった。

直感した通り、それは光洋のすぐ目の前にいた。

無造作に伸びた長い髪は胸元まである。汗だくの光洋に対し、それは涼しい表情で、息一つ乱さないまま立っていた。様々な布をつぎはぎした着物を着ている。古着のような着物は裾がボロボロで、丈も短く、スラリとした白い脚が見えていた。

追いかけられているときは、巨大なものに感じたが、目の前に立つ者の背丈は光洋とそう変わらない。手足が細いからか、光洋よりも小さく見えた。痩せてはいるが、やつれているという感じではない。白い肌と、薄茶色の大きな瞳が印象的だった。

赤い唇が、ニィ、と横に引かれている。日本人ではないようで、真っ直ぐにこちらを見据える顔は凄まじく整っていた。男なのか女なのか、一見しただけでは判別できない。

「……そこ」

低い声が聞こえ、それで男だということが分かった。ほっそりとした指先をこちらに向けられ、光洋は棒を握った腕に力を込める。

「踏むな」

男が光洋の足許を指した。光洋は構えを解かないまま足許に素早く視線を落とす。地面には何もなく、草花が咲いているだけだ。

視線を男に戻し、少しでも動いたら打って出ようと相手を見据えた。右へ揺れれば左から、前へ来れば足を引きながら腕だけを残す。相手の次の動作を察し、僅かな隙も見逃さない。

だが、相手は隙だらけなのに何故か出るタイミングがない。身体のどこにも力が入っておらず、却ってこちらの間合いにすぐさま対応してくるように思えるのだ。しなやかで強靭な一本の筋を感じた。こめかみから新しい汗が流れ落ちる。強い、と思った。

「それ」

男が再び指をさした。光洋が構えている棒のことを言っているようだ。

「返して。大事なものだから」

声は姿と同じく涼やかで、そこに僅かな動揺が見える。舌足らずな口調で「お願い」と言った。

そんなことを言われても、素直に構えを解くわけにはいかなかった。正体は未だ分からず、得体の知れない恐怖は去らない。

棒を握ったまま構え続ける光洋に向かい、男がフッと笑顔を作った。僅かに首を傾げ、もう一度「お願い」と懇願する。

「仲間の大事な……墓だから。壊さないで。お願い」

恐ろしく美しい男は、細く長い腕を伸ばしながら言った。

――あなたは約束の人だろう？　……と。

※※※

ホームに駅員のアナウンスが流れ、新幹線のドアが開いた。光洋は床に置いていた旅行バッグを肩に担ぎ、「じゃあ、行ってくる」と、笑顔で振り返る。

「ああ。気をつけて。と言っても、危ないことなんか何もないけど」

見送りに来てくれた西園孝志は、親戚に当たる人で、光洋の居合術の師匠でもある。光洋の家からは七駅離れた同じ沿線上に住んでいて、家族ぐるみでの付き合いが長い。年は十五離れているが、光洋にとって兄のような存在だ。

「忙しいのになあ。気が重いよ」

荷物を担ぎ直しながら、光洋は大袈裟な溜め息を吐いた。大学は夏休みなので、日程に支障はないが、だからこそアルバイトやイベントなど、やりたいことが山ほどある。それらのスケジュールを差し置いて、数日間も田舎で過ごさなくてはならない。

「おまえが面倒くさがって引き延ばすから、こんなギリギリになってしまったんだろう。おまえが悪い」

孝志の苦言はごもっともで、長期の休みでなければ大学を理由にして、行っても日帰りか、延びてもせいぜい一泊で済んだはずなのだ。

西園家は、日本の西、瀬戸内海近くに位置する鬼留乃という土地に本家があり、多くの所帯が集まっている。光洋たちは親の仕事の都合で東京に住んでおり、他にも日本全国に親戚が散らばっているが、家同士の結束は固く、年に何度も本家に集まっては顔合わせが行われる。

光洋も小さい頃から親に連れられて、頻繁に鬼留乃を訪れていたが、中学に上がってからは学校生活が忙しくなり、最後に行ったのが中学二年の正月だ。それ以降は受験だ、部活だと理由をつけて行かなくなった。小さい頃はたまに訪れる田舎の風景が珍しく、従兄弟たちと遊ぶのも面白かったが、年が上がれば興味も移ってくる。それに西園の本家は、地主として未だに力を持っており、西園というだけで、地域の人の光洋に対する扱いも違っていて、思春期の光洋にとっては居心地の好いものではなかったこともある。

それでも今回行くのは、西園家では子どもが二十歳になった年に、ある儀式があり、それに参加しなければならないからだ。

今年二十歳を迎えた光洋も、当然出ることになっているのだが、忙しさと面倒くささにかまけてのらりくらりと過ごしているうちに、次の誕生日が近づいてしまったのだ。年明け辺りからいつ来るのかと打診があり、夏が近づいてからは毎日のように催促がきて、親にも急かされ、とうとう出立することになってしまった。

「『鬼鎮め』とか、意味分かんないし。そういうのは向こうの人たちだけでやってほしいよ。なんでわざわざ東京から強制参加させられないといけないんだよ」

鬼留乃という地名の通り、本家のある地域は鬼と由縁が深いとされている。祭りでも鬼の面を着けて踊る神楽が催され、年中行事のほとんどが鬼にまつわるものばかりだ。その中でも「鬼鎮め」の儀式は西園家独自のもので、千年も前から続いているのだという。

文句を言い募る光洋に、孝志が苦笑しながら「まあまあ」と宥める。孝志も十五年前に、その儀式に参加していた。遡れば、光洋の父も、孝志の父も経験している。

「儀式といってもそんなにたいしたことをするわけじゃない。時間も三十分程度だから。観念して行ってこい。久し振りなんだろう。従兄弟たちも待っているぞ」

そんな三十分程度のものに参加するために、わざわざ新幹線に乗って出向かなければならないのが解せない。不満顔の光洋に、孝志は笑顔を作り、「どうせ行くんだから、楽しんでこい」と言った。

「文句タラタラでも、おまえのことだ。あっちに行ったら行ったで、周りに可愛がられるんだろう。ちゃっかりしているからな、おまえは」

「なんだよ。悪口？」

「いいや。褒めている」

発車の合図が鳴り、光洋は車内に入った。座席を確かめ、荷物を置くと、窓の外から孝志が手を振った。シャツにジーンズの飾らない恰好で、一見優男風に見えるが、居合道衣と袴を身に着けると、もの凄く様になるのだ。

剣を構えれば、鳥肌が立つような殺気を放つ孝志は、今はそんな風情を微塵も見せずに、のんびりと手を振っている。

席に落ち着くと、ほどなくして新幹線が動き出した。

お盆前の平日とあって、ポツポツと空席があった。光洋の隣も今は誰も座っていない。途中で席が埋まるかもしれないが、しばらくは気兼ねなく過ごせそうだ。

光洋は携帯を取りだし、メールとＳＮＳのチェックをした。たいした連絡は入っておらず、大学の友人と他愛ないやり取りをしたあと、本棚のアプリを開いた。シリーズ物の漫画の続きを読む。

いくつかの駅を過ぎ、出発してから二時間ほどが経っても、隣の席には誰も来なかった。携帯を覗くのにも飽きて、光洋は流れる景色に目をやった。天気が良く、真っ青な空と、夏の入道雲が遠くに見えた。

向こうに着いたら本家の当主に挨拶に行き、それからどこかの時間で居合の型試合をすることになるだろう。西園の人間は、居合道を嗜む者が多く、孝志などは師範の腕を持っている。自分の教え子の成果を本家に見せたいらしく、光洋が鬼留乃に行くに当たって、負けるなよと檄を飛ばされた。光洋にしても、従兄弟たちとの手合わせを楽しみにしているところもある。

「みんなどんなふうになってるんだろう。六年ぶりぐらいか？」

父方の祖父母は、光洋が生まれる前にどちらも亡くなっていたが、親戚は多い。従兄弟以外にも年の近いのが十人以上はいたはずだ。

実家がないので、本家に泊めてもらうことになっている。光洋が行けば、親戚や地域の人たちが集まり、大宴会になるだろう。最後に行った正月のときも、時間をずらして、総勢二百人近くが挨拶に訪れていた。

西園家は、昔からあの辺りの大地主で、農地だけではなく、宅地や商業施設など、今でも多くの土地を運用している。また、地域事業にも力を注いでいて、大手メーカーの工場を誘致し、住民に就職先を設け、人が外へ流出しないよう働きかけた。鬼留乃の人たちは、未だに本家を「西園様」と呼び、崇めるように接している。その恩恵は分家筋にも与えられ、東京住みの光洋でさえ、「東京のぼっちゃん」などと呼ばれた。名字は同じでも、光洋の家自体は特に裕福でも偉くもない普通の家庭で、だからそんなふうな扱いをされ、戸惑うことも多かった。

鬼留乃では絶大な信頼を得ている西園家だが、その根幹は、大昔の逸話にあった。西園の祖先が、災いをもたらす「鬼」を退治し、人々を救ったという伝承があるのだ。

古くから伝わるその逸話は、もちろん事実ではなく、天災か人災か、何某かの不幸な出来事に対峙し、解決したということで、そこにお伽噺的なオプションが付いたのだろう。だけど古くから西園家がずっと鬼留乃のために尽力してきたことは事実で、鬼退治の逸話と共に、地域に大切にされる存在となっている。

だから鬼留乃には、鬼にまつわる祭事が多く、西園家でも秘伝と呼ばれる儀式があるのだ。くだらないとは思っても、面倒だから参加しませんと言えないのが辛いところだ。

時間が経つにつれ、車窓の風景がどんどん素朴になっていく。ビル群やマンションなどの大型の建物は駅の周りだけで、数分も経たないうちに広大な田園や川、山や林に変わっていく。時々遠くに海が見えた。風はないようで、白波の一つも立っておらず、まるで水彩画のように静かだった。

六年ぶりに訪れる父の故郷が近づいてきた。鬼鎮めの儀式については、父や孝志にどんなものか聞いていたから、大きな不安はない。難しい所作は何もなく、ただ淡々と形式に則って動けばいいだけだ。あとは当主の長話に付き合い、覚えてもいない親類や近所の人たちに囲まれ、相手をしなければならないだろう。

孝志の前では不満を漏らしても、鬼留乃に行ってまで不機嫌をまき散らすつもりはない。懐かしい面々としばらく振りの対面を果たし、父や師匠の面目を保つ努力でもしようかと、刻々と姿を変える景色を眺めながら、光洋は思った。

駅を出ると、強い陽射しが照りつけてきた。風がベタつく感じがするのは、海が近いからだろう。

駅前のロータリーに行き、タクシーに乗る。西園の本家は駅から車で十分ほどのところにある。歩いていけないこともないが、陽射しが強いし、汗だくで親戚の家を訪問するのも失礼だろうと思った。親が小遣いをくれたから、ケチることもない。

金を持たされたとき、バイトの分があるからいらないと言ったが、わざわざ年寄りの相手をしに行くのだから、その駄賃だと言われたので、それならありがたく使わせてもらうことにした。

光洋は一人っ子で、特に甘やかされたというわけではないと思うが、かといって酷く叱られたという記憶もない。子どもの頃は悪さをすれば、それなりに叱られもしたが、覚えている限りでは、それも多くない。物心つく頃から、孝志についていって居合道場に通っていたから、礼儀作法は自然と身についた。それが原因なのか、光洋は周りの大人に可愛がられる。今どき珍しくしっかりしているとよく言われた。

身長が百八十以上あり、パーツの大きい顔の造りに真っ直ぐな眉と、一度も染めたことのない短髪のせいか、古風な青年と見られがちだ。そういった硬派な印象が、大人には好ましく映るらしい。

光洋自身は古風でも、硬派でもない。友人と遊んでいるときなんかは普通に馬鹿笑いもするし、正義感に厚くもない。

孝志が言う「ちゃっかりしている」というのは、自分がそんなふうに見られているということを、十分理解して振る舞っていることを言っているのだと思う。外見と中身とが違うとよく言われる。特に飾っているつもりはないが、親しくなると「面白いやつ」という印象に変わる。そのギャップも、特に女子にはウケがよく、得をしていると自分でも思う。

タクシーの後部座席から町の様子を眺めた。運転手は、西園の本家と言っただけで、すぐに承知して車を走らせている。

六年ぶりの父の故郷は、見る限りはそう変わっていなかった。店舗などの変遷があったとしても、そもそもあまり覚えていない。遠くに高い山が見え、反対側には海、他は平らな土地だ。大昔はこの辺も田園風景が広がっていたらしいが、今は商店街や住宅街になっている。六年前からあった大きなスーパーもそのままだった。どれもが西園家所有の土地だと聞いている。

タクシーが細い道に入り、奥へと進んでいった。道の両脇は竹林で、市街地から十分しか走っていないのに、ここからは野中のようになる。道は長く続き、やがて突き当たりに大きな門が見えてきた。重厚な木の扉に白塀、上には瓦屋根(かわらやね)が載っている武家屋敷のような門構えだ。これだけで相当大きな屋敷だということが分かる。楠(くす)の大木が塀の向こうに見えた。ここからでは家の姿は窺(うかが)えない。門から家屋まで、相当離れているのだ。

車を降り、門の前に立った。何度も来たことのある家だが、一人で訪ねるのは初めてだ。緊張しながら御用聞き用のインターホンを押すと、すぐに応答があった。予(あらかじ)め新幹線の到着時間を伝えていたので、待っていたらしい。

通用門から中に入り、綺麗(きれい)に剪定(せんてい)された庭木の間を通っていく。家にはまだ着かない。いつ来ても、敷地の広さに驚いてしまう。

漸(よう)く玄関まで辿(たど)り着(つ)き、お手伝いさんに案内されて客間に通された。部屋では当主である西園豊が待っていた。

「よく来たな」

　豊が当主になったのは光洋が四歳のときで、そのお披露目式に出た記憶がある。今は七十歳を過ぎているはずだが、彼も居合術をしているからなのか、背筋の伸びた姿が凛々しく、かくしゃくとしていた。

　挨拶をすると、まずは来訪が遅れたことの小言をもらった。今年二十歳を迎える西園の親族は二人で、もう一人の従兄は既に儀式を済ませたらしい。

「遅くなりました。申し訳ありません」

　大学が、時間が、などの言い訳は一切せず、光洋は神妙に頭を下げた。多くの事業を抱えながら、西園の当主としての様々な仕事もこなさなければならない豊と、学生の身の光洋とでは、忙しさの度合いなど比較にもならない。

　素直に頭を下げる光洋に、当主がやっと笑顔を作り、頷いた。

「随分成長したな。最後に来たのはおまえが中学のときか」

　それからは、親類のお爺さんらしく、東京での生活や親のことなどの近況の確認になる。

「今日、わざわざこうして来てもらったのは、おまえも承知のことだと思うが、西園に伝わる儀式のことだ」

　しばらく世間話をしたあと、当主がそう言い、光洋は居住まいを正した。

「西園では、本家分家にかかわらず、二十歳になった男子にはすべて参加してもらわなければならない。これは我々の先祖がこの鬼留乃に居を構えた古の時代から連綿と続けられたことなのだ」

当主の口から、西園の祖先について語られる。子どもの頃から何度も聞かされてきた鬼留乃の歴史の話を、今日も繰り返し聞かされることになる。耳にタコだと思いながらも、光洋は真剣な顔を作り、滔々と語る当主の話を聞いていた。

――千年前、飢饉や天変地異に苦しんでいたこの地の人々は、厄災を魑魅魍魎のせいとして、祈禱を行っていた。土地は肥沃とはいえず、その年は日照りに加え、流行病も発生し、村は全滅に近い危機に瀕したという。

あまりに悪いことばかりが続く中、ある祈禱師が鬼の仕業だと言った。確かに夜な夜な人ではない何かが村を彷徨い、なけなしの食料を漁られたり、田畑を荒らされたりすることが続いた。女子どもが攫われ、無残な姿で発見される。それらすべてが鬼の仕業と言われ、その頃腕っぷしの強い西園の先祖が、鬼を退治する者として抜擢されたのだ。

村の外れに潜み、夜な夜なやってくる鬼を待ち構えていると、その晩も鬼はやってきた。その容貌はこの世の者とは思えないもので、力も強く、不思議な術も使う。村のためにと戦い続けた西園の先祖は、とうとう鬼を倒すことに成功した。そして捕まえた鬼を、海に浮かぶ小島に連れていき、そこへ封印した。西園家が所有する島の一つで、「鬼住み島」と呼ばれている。

島に封印され、退屈した鬼が再び悪さをしないよう、監視のためにときたま島に行き、鬼を鎮める役を担うことになったのが、西園家に伝わる「鬼鎮め」の儀式の由来である。

鬼が去ったあとは、村から厄災が消え、西園の祖先は大変感謝された。それ以来、田を耕せば土地が肥沃になり、雨を乞えば降るようになり、その後戦国時代に突入しても、土地を奪われることもなく、むしろ豪族として武将の後ろ盾になるなどして、ますます栄えてきた。

これが西園家に伝わる鬼退治の伝承であり、鬼留乃の名の由来となっている。

「従って『鬼鎮め』は西園にとって大切な儀式であり、おまえにも遂行してもらいたい」

当主の口調は淀みなく、これまで何百回となく語ってきたのだろう。当主自身も前当主から聞かされ続けてきたに違いない。鬼と、それを退治したという自分たちの祖先について、大真面目な顔をして語っている。

「鬼を退治した証として、『鬼の角』が残されている」

これも何度も聞かされている話で、鬼退治の証拠となる「鬼の角」は、この屋敷の蔵に大事に保管されているという。

子どもの頃もその話を聞いて、光洋は従兄弟たちと一緒に蔵に忍び込み、鬼の角を探したことがあった。蔵の中の所蔵品の数は膨大で、古い木箱や巻物などが並ぶ中、どれが鬼の角の入った箱が分からず、そのうちに暗い蔵の中での宝探しに怖じ気づいた従弟が泣きだして、断念した上に大人たちに叱られたのだった。

そういえば、「鬼住み島」へも行こうとしたことがある。浜辺に乗り上げていた小舟を海に押し出し、それに乗った。だけど舟は壊れていたものが放置されていたらしく、船底にみるみる水が溜まり、そのときには光洋も大泣きした。子どもらの悪戯にすぐに気づいた町の人が助けてくれて事なきを得たが、やはり大説教を食らったのだった。

普段は凪いでいる鬼留乃の海だが、島の周りだけは潮の流れが激しく、あそこへは容易に行けないのだと言われた。また、気流の関係か、島には始終濃い霧がかかっていて、島の姿さえも見ることができないのだという。

「おまえは明日、我が家に伝わる『鬼削りの石』と対面してもらうことになる」

鬼を退治するだけの力のある者がそれに手を翳すと、石から水が湧くと言われている。それができた者は、鬼鎮めの役を担い、鬼住み島に出向くことになるのだ。

もちろん、石から自然に水が湧くことなどなく、従って鬼住みの島に若者が行くこともない。結局「鬼鎮め」の儀式と言っているが、光洋たちのやることは、儀式の前段階で終わっているということだ。

今日は部屋で休むようにと言われ、光洋は礼をして立ち上がった。

廊下を歩きながら、六年振りの本家の様子を眺める。屋敷の中は相変わらず広く、部屋に着くまでに幾つもの廊下を渡らなければならなかった。

縁側の向こうには池があり、鯉が泳いでいる。

「鬼退治をして、この屋敷か……」

本物の鬼を退治したとは思っていない。光洋に語って聞かせた当主も同じだろう。ただ粛々と決められた行事をこなし、次の者に伝承を受け継いでいく。当主も二十歳の頃に同じ儀式を経験しているのだ。

千年前に、西園の祖先はいったい何をやってこれほどの地位を手に入れたのだろうか。有名な武将のように戦術に長けていたのか、画期的な農耕の技術でも編み出したか、それとも人の心を摑むのが異常に巧みだったのか。いずれにしろその祖先のお蔭で今の西園家があり、鬼留乃があるのだ。

「それにしてもなんでそんな話を作ったんだろう。もうちょっと現実感のある話にしてくれたら信憑性があるのにな」

西園家の栄華は歴としたもので、そこにまつわる鬼の話が荒唐無稽すぎて失笑してしまう。どうせなら、まことしやかな伝説にしてくれればいいのに、何故よりにもよって鬼退治なのか。

昔の人の考えることは分からないと、長い廊下を歩きながら、光洋は庭に植えてある形のいい松の木を横目で眺めた。

翌日、光洋は儀式の準備のために朝から風呂を借りていた。身体を清めたあとは、用意された白装束に着替え、昨日と同じように、長い廊下を渡って当主の待つ客間に行く。

当主の豊も同じような装束に身を包み、光洋を待っていた。

着物は着慣れているし、身に着けるとやはり精神がピリッと引き締まる。師範の孝志には及ばないが、光洋も和装だと見栄えが三割ほどは増す手合いだ。部屋に入ってきた光洋の姿を認めた当主も、ふむ、と頷いた。

「では行こうか」

当主のあとについて縁側から庭に下りる。広大な敷地を歩き、屋敷の裏側に回った。灯籠が並ぶ石畳の道の先に社祠があった。そこも手入れが行き届いており、石畳は掃き清められ、灯籠には苔も生えていない。

まずは社祠に向かい祈りを捧げ、それから社祠の脇にある「鬼削りの石」の前に立った。石で造られた円柱状の台の上に、それは置かれていた。両手で抱えられるほどの大きさで、中央が凹んだ舟形をしていた。この窪みに水が湧くとされているらしい。

「では、私が祝詞を上げるから、合図と共に石の上に手を翳しなさい。水が湧けば次の儀式に移行し、湧かなければここで終わりだ」

「分かりました。……あの、これまで水が湧いたことってあるんですか？」

光洋の素朴な疑問に、当主は笑い「ある」と言ったから驚いた。

「百五十年ほど前だが、水が湧いたという記録が残されている」

「じゃあ、その人は『鬼住み島』に行ったんですか」

「ああ、行ったらしい」

「それで？」

島へ行ってどうなったのかと、話の続きを待つ光洋の前で、当主は上を見上げて「さあな」と苦笑した。

「それについての詳しい記録はないんだよ。『行って、帰ってきた』とだけ」

「なんだ……」

「まあ、島へ行ったらそこで行わなければならない儀式があるから、それを滞りなく終わらせて帰ってきただけの話だろう。水が湧いたのなら島へは必ず行ったはずだ」

儀式を中途半端に終わらせれば、厄災が降りるとされているので、最後まで遂行したのは間違いないと、当主は言う。そして声を潜め、「水が湧いたというのも、雨水が溜まっていたらしいということだ」と悪戯っぽい笑みを作った。

「父から聞いた話だがな。父もその前の当主から聞いた」

伝承として受け継がれてきた話は、語り人によって微妙に変化し、曖昧な部分も出てきたのだろう。なにしろ千年だ。だいたい、鬼退治の話からして現実みがない。時には語りの巧い伝承者によって、話が盛られたこともあるだろうし。

「若いおまえにはいろいろと意見もあるだろうが、これは西園家にとっての大切な決まり事だ。考えや疑問は外へ置いておいて、とにかく従ってくれ」

大切に守られてきた伝統を、自分の代でやめるわけにはいかないからと、当主は柔らかな笑みを浮かべ、光洋を促した。もちろん、光洋に反論があるはずもない。伝統を守るのは、とても大切なことだと思うからだ。……多少面倒くさいというのは本音だが、いっとき我慢すれば終わる話だ。

当主が巻物を広げ、祝詞を唱えだした。流石(さすが)に何度も詠(よ)んでいるだけあって、言葉は淀みなく、朗々と響かせる。

当主に目で合図をされ、光洋は「鬼削りの石」の前に立ち、その上に手を翳した。「かしこみ、かしこみ」と言う声が大きくなる。

当主の声を聞きながら、光洋はゆっくりと目を閉じた。水よ湧け、とも、早く終われとも、特に何も考えない。ただ、当主の声が心地好いと感じた。

当主の声が止(や)み、光洋も目を開ける。

石の窪みに、なみなみと水が張られていた。

「……え？」

「これは……」

二人同時に声を発し、鬼削りの石を凝視する。石からは確かに水が湧いていて、僅かな空気の揺れに反応し、ひたひたと波打った。

「どうしたんだろう？　何かしました？」

石に手を翳していたあいだ、光洋は目を閉じていたので、何が起こったのか分からない。

光洋に聞かれた当主は目を見張り、「何もするはずがない」と、首を横に振った。

「え、でもこれ、どうしたら……」

水なんか湧くはずがないと高を括っていたので、予想外の展開に思考が停止した。驚いたとか不思議だとか思う以前に、目の前に見える光景が信じられない。光洋の隣では、当主の豊も沈黙している。

空は雲一つない晴天で、一瞬でも雨が降ったという形跡はない。石の置かれている台座は乾いたまま、その周りには、上から何か落ちてくるような建物も、木も、何もないのだ。

石の窪みに溜まった水は消えることなく、そこに湧いている。

「これは大変なことになった。すぐに準備をせねば」

当主が慌てたように言い、社祠に向かって一礼したあと、急ぎ足で出ていこうとする。

「あの、準備って……、俺、行くんですか？　あの島に」

水が湧けば次の段階へ進む。島へ渡り、本物の「鬼鎮め」の儀式を行うことになるのだ。何度も聞かされ、理解していたことではあるが、よもや自分がそれをやることになるとは夢にも思っていなかったから、光洋は戸惑った。

「当たり前だろう。行かなければ災いが起こるとされているのだ」

振り返ってそう答える当主も困惑顔だ。

「蔵に行こう。なにしろ本物の『鬼鎮め』をやったことがないのでな。やり方が書いてある文献を探さねば。光洋、おまえも来い」

手招きをされ、光洋は当主のあとをフラフラとついていった。


「鬼削りの石」から水が湧いてから三時間後、光洋はボートを漕いでいた。

エンジンのないボートはせいぜい四人ほどが乗れる程度の狭さで、乗っているのは光洋ただ一人だ。

あれから光洋は当主と一緒に蔵へ行き、「鬼鎮め」の儀式についての文献を探した。蔵の中は物でいっぱいだったが、用途ごとにきちんと整理されているので、探し物は比較的すぐに見つかった。

紐で綴じられた冊子は古めかしく、だけど千年も前のものとは思えなかった。途中で何度か書き換えて新しくしたのだろう。文字は墨で書かれてあり、時々注釈のような紙が挟み込んであった。

内容は達筆すぎて光洋にはさっぱり理解できない。しかし当主の豊は流石に読めるらしく、字面を指で追いながら、ふむふむと一人で相槌（あいづち）を打っていた。当主が言うには、それほど難しいことではないらしい。

そうして当主が文献を読み取った内容に則り、光洋は今、「鬼住み島」に向かって舟を漕いでいた。服装は鬼留乃にやってきたときと同じ、Tシャツにジーンズ姿に戻っていた。白装束のまま海岸に行けば、嫌でも目立ってしまうので、それを回避するためだ。

見送りはいない。文献にそう書いてあったから、当主は光洋のために舟だけを手配し、自分は屋敷で待っていた。本物の「鬼鎮め」は秘儀とされるもので、選ばれた若者が一人きりでやり遂げなければいけないものらしい。だから百五十年前に島に渡った人のことも、詳細は残されずにいたのだろうと、当主が言った。

光洋が屋敷を出るとき、当主は心配そうではあったが、書いてあることをそのまま実行すれば大丈夫だからと、励ましてもくれた。今は屋敷のあの客間で、光洋が無事に戻ってくることをまんじりとせずに待っているのだろう。

島へ行ったら、中央付近にある社祠へ赴き、祝詞を上げ、供物を捧げ、そして戻ってくるのだという。

やることは簡単そうだが、それだけで済むのかという不安で、ボートを漕ぐ手に力が入らなかった。

どうして俺がと、今頃になって不満が募る。

光洋の他にも、たくさんの二十歳の若者が、あの「鬼削りの石」に手を翳したはずだ。自分よりも鬼留乃に近しい人が大勢いるし、もっと相応しい人物がいたはずだ。百五十年間も何事もなかったものが、何故今になって自分に降りかかるのだ。だいたいあの水は本物だったのか。今になって幻だったのではと思い始める。だって今日はとても暑い。二人して熱中症にでもかかったのではないか。

　考え事をしながらいい加減な漕ぎ方をしているから、ボートは遅々として進まない。行きたくないのだからどうしてもそうなってしまう。

　いっそこのまま戻ってしまいたいと思った。島には上陸せず、当主には儀式を行ってきたと報告だけすればいい。供物も海に捨ててしまえば証拠も残らない。

　そんな悪い考えも浮かぶが、根が小心者の光洋には、それもできなかった。

　儀式を途中で投げ出せば、災いが降るという言葉にビビっている。鬼退治の伝承は信じていないが、ずっと守られてきた祭事を蔑ろにしてバチが当たるのは勘弁してほしい。

　進むな、進むなと思いながら乗っていると、途中から勝手にボートが動き出した。潮の流れに乗ってしまったらしい。

　気がつくと、すぐ目の前に小さな島が見えてきた。

　島の周りは終日霧に覆われていて、鬼留乃に住む人でさえ、滅多に見ることができないと聞いていたのに、はっきりとその姿を現している。

「……なんでだよ」

この辺りは潮の流れが激しく、島には容易に近づけないんじゃなかったのか。行こうとして行けなかったのなら言い訳もできると期待したのに、ボートは引き寄せられるように島に近づいていってしまう。

まるで光洋が島へ行けるよう、お膳立てされているようで、背筋に冷たい汗が流れた。

「……行くしかないってことか」

前方に浮かぶ小さな島を見つめ、光洋は覚悟を決めなければならなかった。

ここまでくると、何か神秘的な力が働いていると考えざるを得ない。逃げることも、行った振りをすることもできなさそうだ。そんなことをすれば、きっと悪いことが起こるだろう。それなら、きっちりと仕事を済ませ、早めに退散したほうがいい。百五十年前に島に渡った人も、ちゃんと帰ってきたのだ。

「よし。頑張るか」

光洋は手にしたオールを持ち直し、ゆっくりと動かしながら、どこから上陸できるだろうと、島の周辺に目をやった。

波は静かで、チャプチャプと小さな音を立てながら光洋を運んでいく。更に近づくと、前方に栈橋が見えた。ちゃんと上陸できるようになっていたらしい。

「人が入ったことがあるんだな。よかった」

人工的な物を見つけ、ホッとした。海岸の砂は白く、奥には緑の森がある。

「幽霊島みたいじゃなくてよかった」

これが霧に覆われたおどろおどろしい様子の島だったら、上陸しようと思わなかったかもしれない。

桟橋に辿りつき、光洋はボートから降りた。一歩目を出すのに勇気がいったが、地面に足をつけたときには安堵もした。船酔いの経験はないが、ずっと揺れている状態だったので、硬い地面に安心する。

ボートを桟橋の柱にしっかりと括りつけて、光洋はいよいよ島に足を踏み入れた。海鳥が上空を飛んでいて、その姿にもホッとした。さざ波の音が聞こえる。「鬼住み島」という名前さえなければ、普通に海水浴ができそうな海岸だ。

「中央にお社があるって言っていたな」

光洋はボートから運んできたリュックの中から地図を取りだした。当主が持たせてくれた、蔵の古文書だ。そこには墨で簡単な島の地図が描かれていた。島の形は歪な円形で、ほぼ真ん中に神社の印がある。

荷物を背負い、地図を片手に光洋は歩き出した。島全体はそれほど大きくなく、全体で五キロ四方ほどだと聞いている。真っ直ぐ進めば、真ん中までは二キロ少しという計算で、光洋の足なら三十分ちょっとで辿り着けそうだ。

背負ったリュックの中には、供え物の桃が入っている。それを供えて、祝詞を上げるのだ。魔物除けに桃を用いると聞いたことがあった。鬼は桃が嫌いなのだろうか。

浜から森に向かい、サクサクと歩いていく。

滅多に人が来ることがないと聞いていたから、もっと草ボーボーで、藪蚊(やぶか)だらけなのを想像していた。だけど藪も背の高い草もなく、割合と歩きやすかった。蛇(へび)なんか出たら嫌だなと思っていたが、その心配もなさそうだ。お社に通じるのか、薄らと道のようなものまでできている。

海岸の桟橋といい、人間がいた形跡がそこかしこにあり、安心すると共に、首を傾げる思いも湧いた。

ここは西園家が所有する島で、普通は許可がなければ入れないはずだ。ましてや「鬼住み島」などという名前をつけられ、儀式のためだけに人が入ることを許されている。気安く上陸できるような場所ではないはずなのに。

「昔の俺らみたいに、こっそり来ているのかな」

地元の人なら潮の流れなど関係ないのかもしれない。ボートで気軽に来られる無人島なんて、かっこうの遊び場だ。

誰かが頻繁に来ているのだと思うと、さっきまで逃げ帰りたいと思っていた気持ちが軽くなった。

「ちょっとビビりすぎたか」

「鬼削りの石」に水が湧いてから、ずっと落ち着かない気持ちでいたのだ。島に一人で渡れと言われたときには、泣きそうになったほどだ。

自分の気の小ささに苦笑しながら、光洋は社祠に向けてどんどん足を進めていった。

やがて土ばかりだった地面に砂利が交じり、はっきりとした道ができているのを見つけた。たぶんこの先に目指す社祠があるのだろう。先に行くと、道の両脇に灯籠があった。辺りは草木もなく、灯籠には苔が生えていたが、綺麗なものだ。

「掃除しているわけでもないだろうに。……いや、やっぱり誰かが来ているのか」

首を傾げながら更に進むと、思った通り祠（ほこら）があった。

西園の屋敷にあったものと形が似ており、それよりももっと簡素な造りをしたお社が、道の突き当たりに建っていた。手水場はなく、祠一つがぽつんとあるだけだ。

「ここか」

社祠を見つけた時点で、仕事を達成したような気分になり、光洋は頬を流れ落ちる汗を肘で拭（ぬぐ）った。なんとなくこの辺りだけ空気がひんやりしているような気がする。

リュックを地面に下ろし、光洋は中から供物の桃を取り出した。三つの桃はどれも大きく、とても瑞々（みずみず）しい。

祠の前にある石段の上にそれらを置き、光洋は礼をしたあと、手を合わせた。それからポケットに入れていた紙を取りだし、詠み始める。

古文書に書いてあった文字のままでは光洋が読めないので、当主が別の紙に書いてくれたものだ。ほとんどがひらがなだった。

大和言葉で綴られた祝詞は、内容がまったく分からないが、要するに『時は未だ来ず、もう少し待たれよ』というような意味だと教えてもらった。

「……ええと、かけまくもかしこきおおにじゅうろうざみこぎやえばし」

息継ぎの箇所が分からず、文字をだらだらと追っていく。こんな祝詞で大丈夫なのかと不安だが、当主のように朗々と詠むのは無理なので、自分なりに精一杯声を張って詠み上げた。

「ほかにじゅうのものたちもろもろのまがごとけがれあらむをば」

『もも』

「はらいきよめたまえともうすことをきこしめせとかしこみ」

『ももだ。ももちょうだい』

「かしこみともうす……え？」

祝詞を上げる声の合間に自分とは別の声が聞こえた気がして、光洋は言葉を切った。

振り返ると後ろには誰もいなく、……だが灯籠の陰に白いものが見える。

……何かいる。

光洋は目を見開いたまま後退った。灯籠に隠れて姿は見えないが、人が立っているようだ。

いや、あれは人か……？

暑さからくるものとは違う汗が背中を伝った。心臓がヒュッと縮み上がったようになり、次にはバクバクと暴れ始める。

何か違う。人ではない何かが、そこに隠れている。

灯籠の後ろにいる者を凝視しながら、光洋は無言で二歩三歩と後退った。リュックは地面に置き去りのまま、拾う余裕はない。

ジリジリと後退る光洋を引き留めようとするように、灯籠の後ろの影がゆらりと動いた。

こっちへ来る、と思った瞬間、光洋は全速力で走り出していた。

※※※

「墓……？」

目の前に立つ男に向け光洋が尋ねると、彼はコックリと頷いた。

見知らぬ何かに追いかけられた光洋は、とうとう追いつかれ、男と対峙している。

「さっきおまえが言うただろ？　やえばしの墓じゃ」

男の言っている言葉の意味が分からず、構えをとったまま首を傾げると、男は「言うた。桃を置いたあと、十郎左とみこぎとやえばしの名前を言うた」と言って、草むらに生えている棒を指した。

「十郎左はそこ、みこぎはそこ。おまえのそれはやえばしの卒塔婆じゃ」

卒塔婆と聞いて、光洋は「えっ」と叫び、自分が握っている棒を見つめた。

「元に戻してほしい。大事なものだから」

男の声は静かで、本当にそうしてもらいたいという哀願の思いが見え、光洋は身体から力を抜いた。

「……攻撃しないか」

ほんの少し緊張を解いたものの、構えは解かないまま問うと、男は大きな瞳を更に見開き、

「しない、しない」と手を振った。

「ようやっと訪ねてきてくれた約束の人だもの。攻撃なんぞしない」

「約束の人……」

そういえば、ついさっきもその言葉を聞いた。なんのことを言っているのかは未だに分からない。

男の風情からは悪意が感じられず、むしろ嬉しそうに見え、光洋は漸く手にしていた棒を元の場所に戻した。

それを見た男が「ありがとう」と光洋に言う。

戦ったところで勝ち目はほとんどなさそうで、だったら和解をした振りをしつつ、逃げる

隙を窺う作戦に転じることにした。

「さっき忘れていった袋も持ってきた。おまえのだろう?」

男はそう言って光洋のリュックを渡してきた。逃げるのに夢中で置き去りにしたリュックを男は拾い、その上息も切らさずあとを追いかけてきたのだから、やはり普通の人間ではない。

「おまえはなんだ? ……鬼なのか」

信じたくはないが、そうとしか思えず、光洋はとうとう聞いた。見た目は人間に近いが、まったく同じとはいえない。整いすぎた顔の造りは人間離れしているし、それに人とは決定的に違うものがあった。

毛量の多い髪の毛を押し分けるようにして、二つの角が生えているのだ。

質問を投げられた男は「うん」と、なんの躊躇(ちゅうちょ)もせずに頷く。

「しづるっていう。おまえは? 約束の人」

しづるとは、たぶん男の名前だろう。そしてしづるのほうからも質問をされ、光洋は仕方なく自分の名を名乗った。

「そうか。光洋、桃が食べたい。食べに行ってもいいか?」

「そりゃ、……いいと思うよ。鬼に捧げるために持ってきたものだから」

本物の鬼がいるとは思っていなかったが、あの桃は鬼を鎮めるために持ってきたのだから、しづるが鬼ならば、当然食べる権利はある。

光洋の返事に、しづるは目を輝かせ、「久し振りじゃ。嬉しい」と言って飛び跳ねる仕草をした。

信じられないことに、鬼は本当に存在していて、この島に住んでいたのだ。そうなると、西園家に伝わる鬼退治の伝承は、本当だったということになる。

自分の思い浮かべる鬼とはだいぶ違っているしづるの風情に、最初に感じた恐怖は幾分和らいだ。だけど鬼は鬼だ。大昔に人間に対して悪さをし、光洋たちの先祖に退治されてここに封印されたのだ。いつ豹変(ひょうへん)するか分からない。

「祠に置いてきてしもうたから、取りに行かねば」

「ああ、行ってきたらいいよ」

「うん」

鬼が豹変する前に今は穏便に済ませ、早くこの島から脱出しないといけない。

幸い、しづるの興味は祠に供えた桃に移っている。あれが桃を貪(むさぼ)っているあいだに、ボートを出してしまおう。

逃げの算段をしながら、社祠のあるほうへ歩いていくしづるを見送る。姿が見えなくなったら大急ぎで桟橋に向かおうと、しづるの背中を見つめながら、反対方向へそろそろと後退りをしていると、不意にしづるが振り返った。

「どこへ行く？　もう出るのか？」

キョトンとした顔で尋ねられて、光洋はどう答えるのが正解かと考えながら、「ああ……」と、曖昧な返事をした。

「そうか。早いな。ではこのまま行こうか」

去ろうとした足が再びこちらに向き、光洋は失敗したと歯嚙みをした。

「……ゆっくり食べればいい。久し振りなんだろう？」

「ああ、そうだ。でも急ぐのだろ？　おまえはそわそわしている」

無邪気でいるようで、やはり鬼だ。光洋の焦りをちゃんと感知している。

「向こうへ行けば、桃などたらふく食べられるからな。さあ行こう」

満面の笑みで言われるが、意味が分からずに光洋はその場で固まる。

「もう行くのだろ？　約束だものな」

「約束……？」

さっきからその言葉を繰り返すしづるに、光洋はなんのことだと首を傾げるしかない。そんな光洋の態度に、しづるはまた大きな目を見開き、「約束だろ？」と、もう一度言う。

「島の外へ連れていってくれるのだろ？　人間と一緒に住まうように準備をしてくれていたのだろう？　前に来た人間がそう言うたぞ」

「……え」

しづるは真っ直ぐに光洋の目を見つめ、「そうだろ？」と重ねて言う。

「あのときは、まだ迎える準備が整っていないから、それを伝えにきたと言うた。あと少し待ってくれと。次にやってくる人間が、本当の案内人だと言うたぞ。だからおれは次の人間がやってくるのをずっと待っていた」

しづるの言葉に、頭が混乱して返事ができない。

「ようやっと島から出られる。桃は惜しいが、出立のほうが大事じゃ」

そう言ってしづるは、「さあ、連れていってくれ」と、艶やかな笑みを浮かべるのだった。


「もう少し早かったらな。仲間も少しは残っていられたんだが。今はもう、……おれ一人になってしもうた」

両手で大事そうに桃を包み、しづるが言った。

「先の人がやってきたときには、五人はいたんだ」

隙を衝いて逃げるという計画は失敗に終わり、光洋はしづるに連れられ社祠に戻る羽目になっていた。

しづるの話によると、西園の人間は、しづるたち鬼を人間の世界で共存させるための案内役であって、迎えがくるのをずっと待っているのだということだった。

「十郎左がいっとうはじめに約束をした。人間と仲良う暮らすためには準備がいるから、この島で待っておれと、約束したんだ」

十郎左は、千年前に西園の祖先と出会い、この島にやってきた最初の鬼の一人だという。

光洋が唱えた祝詞の中にも、確かにその名前が入っていた。

「おれが生まれたときにはとうに死んでいたから、会ったことはないんだが」

さっきしづるの口から出た「みこぎ」や「やえばし」というのも、十郎左と共にこの島にやってきた鬼の仲間なのだという。

「人間は鬼を怖がるからな」

誤解なのにな、と言いながら、桃にかぶりつく。

甘いと言って喜ぶしづるの口元には、鋭い犬歯が生えていた。桃を持っている手も、爪が異常に長い。桃の汁が手首を伝っていき、しづるは「おお、もったいない」と言って、長く赤い舌をベロリと差し出し、滴る桃の汁を舐めている。

「人間と仲良く暮らす……。そう約束したんだ？」

光洋の独り言のような呟きに、しづるは「そう」と元気よく答える。

「だから時期がくるまでしばらくはここで暮らせと、仲間をここへ連れてきてくれたんだと」

少しずつ語られるしづるの話を聞きながら、光洋は混乱していた。

光洋が知っている話では、西園の祖先は、人間に厄災をもたらす鬼を退治し、この島に封印したと伝承にある。退屈した鬼が再び悪さをしないように、慰める役目を果たすのが、「鬼

鎮め」の儀式だ。

しかし、しづるの話によれば、西園の祖先は、鬼が悪さをするという人間の誤解を解くために、一旦島に彼らを匿ってくれたのだという。

「悪さをしていたのは、おそらくは熊や猿じゃ。畑を荒らしたり、人の子を攫ったり、おれらはそういうことはしない。それをぜんぶおれらの仕業だと言われ、困っていたんだと言うてたぞ」

人を襲うなどしたこともないのに、自分たちがやったことだと敵視され、恐れられた。幾人もの人間が、やってもいないことをやめろと言い、一方的に攻撃をしてきたのだ。

鬼は元来温厚で、人間を襲うどころか、仲良くしたいと願っていた。ときたま里へ出没していたのも、人間の生活を観察し、真似るためで、願わくば親しくなりたいと思っていたからなのだと。

ある日、村の男が熊に襲われているところを、十郎左が救った。男は村に厄災が降るのは鬼のせいだというお告げに従い、鬼を退治しにきたという。

「しかし彼は話の分かるやつで、おれたち鬼の話をちゃんと聞いてくれた。そして助けてやると言ってくれた」

里の人々は、熊や猿の仕業を鬼のしたことと思っていて、また、人とは容貌が異なる鬼を容易には受け容れられない。自分以外にも鬼退治と称してあなたたちを殺しにやってくる人がこれから出てくるだろう。だから自分が橋渡しとなり、里で暮らせるよう尽力するから、ここでしばらく待っていてくれと言われ、この島に連れてこられたのだ。

その男は、後に西園という名を名乗るようになり、頻繁に島へやってきては、もう少し、まだ理解を得られないと、報告をしてくれた。

鬼たちは西園の言葉を信じ、島で暮らし続けた。

「時々は、日照りのために雨を降らせてほしいだとか、土砂崩れにあった山に道を通してほしいと頼まれ、出掛けていくこともあったそうじゃ。十郎左たち、昔の鬼は、おれよりもずっと力があったからな」

鬼たちは自然を操る神通力を持っていて、鬼が耕した田畑は肥沃になり、作物も良いものができた。人に見咎められてはいけないからと、夜中や早朝に連れ出され、農作を手伝ったこともある。力持ちの鬼は、一晩で幾反もの田を耕し、山を切り崩し、川の流れをも変える。

「礼に桃の実をたくさんもらったそうじゃ。桃は鬼の好物だからな」

そう言ってしづるは、二つ目の桃を手に取り、嬉しそうに目を細める。

鬼は多大な能力を使うと消耗し、寿命が縮まる。だが、いずれ里に住み、人間たちと共に暮らすことを夢見て、人のために役立つことを喜んで引き受けていたという。

「中には里に手伝いに行った先で、命を落とした仲間もいた。西園は涙を流して謝ってくれたんだそうだ。十郎左たちで懸命に慰めたのだと」

とても優しい人だったそうだと、しづるが西園の祖先のことを語る。

「西園はおれら鬼の恩人だからな」

やがて西園が死に、その子孫がやってくるようになる。時代は戦国に入り、鬼が出ればますます世が混乱すると言われ、またしても待つことになる。

最初にこの島にやってきた鬼は、総勢二十人。ここにいるあいだに夫婦になり子をもうけ、増えたり減ったりしながら、島で生活を続けてきた。鬼の寿命はだいたい五百年ほどで、そのうちに初代の鬼たちの寿命が尽きた。そしてまた次の代と、だんだん数が減っていった。鬼は寿命が長い分、繁殖する力が弱い。

仲間の卒塔婆だと言っていたあの棒は、五十本ほどだった。千年の間に増えた鬼は、たったの三十人ということになる。

そして今この島に残っているのは、しづる一人だけなのだ。

「前の案内人が来てから百五十年も経っていたのか。随分長く掛かったのだな」

しづるが恨みがましい視線を送る。

「……ここに来るのには、ある条件があって、それが達成されないと無理なんだよ」

「知っている。『鬼削りの石』だろ？　水が湧くという」

「そう」

「十郎左が結界を作ったからな。選ばれた者しかここへは渡れないようにしてある」

西園の祖先はいい人間だと知っているが、そうでない輩もいる。鬼が悪い者だと決めつけている者も多く、そういった人たちがここへやってくれば争いが起きる。

それを回避するために、先代の鬼はこの島に結界を張ったのだとしづるが言った。潮の流れが激しいのも、島の周りに常に霧がかかっているのも、そのせいだ。

「ここへは心根の優しい、純粋に鬼を慕う者だけが渡ることができる。選ばれた案内人じゃ」

桃を頬張りながら、しづるが満面の笑みを浮かべる。

な、と同意を求められ、光洋は曖昧に笑った。光洋は別に鬼を慕ってここに来たわけではない。そもそも鬼の存在など信じていなかったのだ。百五十年前にやってきた男も同じだろう。心根が優しいなどということもない。今だってどうやって逃げだそうかと、そればかりを考えている。それなのに、しづるは光洋のことをそんなふうに言って、無邪気に桃を頬張っている。

「……嬉しいなあ。やっと島を出られる。人間と一緒に暮らせるのか。仲間がみんな死んでしもうて、残ったのはおれ一人だ。もう島を出ることはないかもしれないと思うていた」

そう言ってしづるは、整いすぎた顔をくしゃくしゃに崩して、「嬉しい」と繰り返した。

そんなしづるを見て、前回ここにきたやつは、なんて無責任なことを言ってくれたのだと、光洋は頭を抱えたくなった。その場を凌ぐためだけに、いい加減なことを言い、その尻拭いを今、光洋がさせられているのだ。

「里へ行ったら、おれはうんと働くからな。畑も耕すし、物も運べる。十郎左のような神通力は使えないが、でも役に立つと思うぞ」

長い間島で暮らすうちに、鬼たちの力は随分と衰退していったようだ。昔は天候を操り、十郎左のように結界を張ったり、水の湧く石を作り上げたりできたものだが、今のしづるにはそれはないという。

「あまりに人間とかけ離れていては、また恐がれるからな。誤解されるのは悲しい。頭の角だってほら、こんなに小さい」

しづるは光洋に向けて頭を突き出し、髪に埋もれるようにして生えている角を見せてきた。

「おれの生まれる前の代は、もっと大きくて、もっと鋭かったんだ。前の前の代は、もっともっと凄かった。十郎左のときには、もっとだったって言うてた。でも、おれのはこんなに小さい。な、人間に近いだろ？　ほとんど人間だ」

得意満面で自慢されるが、そもそも人間には角など生えていない。小さくなったといっても、はっきりと角だと分かる突起が頭にあるのだ。

だけどしづるは、人間に近づいた証拠だといって、嬉しそうに自分の角を触っている。

「これを食ったら行くか？」

二つ目の桃を食べ終わり、三つ目を手にしながらしづるが言った。

「小舟で来たのだろ？　あと一刻もすぎたら日が暮れる。明るいうちに行ったほうがいい」

なんの疑いもない様子で、しづるが島を出る算段をしている。

「家はおれ一人で住むのかな。それとも光洋と一緒か？　どんな小屋だろうな。広いのか？　食いもんはどんなのがある？　おれは桃さえあれば文句はないが、だけど他の美味いもんも食うてみたい」

キラキラと目を輝かせて、島の外での生活を夢想しているしづるを見ていて、光洋はどうすればいいのかと頭を悩ませた。

しづるを島から出すわけにはもちろんいかなかった。鬼なんて連れて帰ったら、鬼留乃の町はパニックに陥る。鬼の世話など誰にも、もちろん光洋にもできるものではない。

だけど、じゃあどうやって説得すればいいかと考えると、上手い言い訳も浮かんでこない。しづるはここから出て、人間と一緒に暮らせることを信じて疑っていない。

「もう食い終わる」

三つ目の桃に歯を立てながらしづるが言った。

「急いでいたんだろ？　待っててくれてありがとうな」

「あのな……、しづる」

すぐにでも食べ終わりそうな勢いのしづるに向かい、光洋は頭の整理がまだできないまま、声を出した。桃を口に入れながら、しづるの薄茶色の瞳がこちらを見つめる。

「悪いんだけど、今日、おまえをここから出すわけにはいかないんだ……」

逡巡しながらやっとの思いで言うと、しづるは「え……」と言ったまま絶句した。桃の汁が手首を伝い、しづるの膝の上に落ちていく。

「……あー、今日はちょっと無理なんだ。あの、さ、俺はそれを言いにきたっていうか、もうちょっと待ってくれってことで」

咀嚼を忘れたしづるの口から桃が零れ落ちた。

「だって、……だって、前の人間が約束した。次にはきっと迎えにくるって」

必死の形相でしづるが言い、光洋も心苦しさに眉を顰めながら「ごめん」と謝る。

『今日』という言葉を強調し、その場限りの言い訳をしている自分が卑怯に思え、しづるの顔が直視できない。だけど、それ以外に思いつく言葉がないのだ。だって、しづるを連れて帰るなんて、自分の判断でやっていいことだとは思えないからだ。

「あれから人間の世界はまた大きく変わってしまったんだ」

「おれ、大丈夫だ。どんなふうでも慣れてみせるよ。ちゃんと役に立つし、人間と一緒に暮らせる」

しづるが食い下がり、光洋も負けじと「それでも難しいんだ」と声を張った。

「……正直、鬼が本当に存在しているなんて、思ってもみなかったんだ。俺たちの社会では、鬼の存在はお伽噺の中の話なんだよ」

いろいろと考えた末、光洋は嘘と真実を織り交ぜて話すことにした。

「今日、俺も半信半疑でここに来た。『鬼削りの石』に水が湧くなんてことも、あり得ないと思っていた。本当に鬼がいるなんて、信じてなかった」

「そんな。おれたちはいるよ。あの石は十郎左が作ったんだ。嘘じゃない。おれたちはここでずっと迎えがくるのを待っていたんだ。本当だよ」

自分たちの存在さえも消えていたのかと、驚愕の表情を作り、しづるが光洋に訴える。

「うん。しづるに会って分かったよ。……随分待たせて悪かったな」

光洋の謝罪に、しづるが唇を噛んで下を向いた。薄茶色の大きな目が潤んでいる。

「なんとかしてしづるを島から出してやりたいと思う」

光洋の言葉に、しづるがパッと顔を上げる。しづるの視線を感じながら、光洋は顔を上げずに、「けど、今日は無理だ」と言った。

「向こうに戻って、当主や町の人たちに相談してみる。なんとかしづるを迎え入れてもらえるよう、話してみるよ。だから、……あと少しだけ待っていてくれないか?」

しづるを説得しながら、ああ、自分は百五十年前の人と同じことをしていると思った。

しづるを島から連れ出すことは、どうしてもできない。西園の家に置き去りにして東京へ帰ることも一瞬考えたが、あとの騒動を思えば、絶対に無理だ。どうして鬼など連れてきたのだと責められ、親にも迷惑がかかるかもしれないのだ。自分にそんな責任はとれない。

じゃあ、無理だからおまえはここに残れ、俺は帰ると言っても、しづるが承知しないだろう。

取りあえず向こうに戻って、あとのことはそれからだ。当主に相談すれば、あっちで考えてくれるだろう。そのためには、どうにかしてしづるを説得し、光洋一人で島から出なければならない。

「あと少しって、……どれくらい？」

光洋が島に来たことで、しづるの期待は最高潮に膨れ上がっていたのだろう。声が震えている。

「分からない。五日か、一週間か……なるべく早く迎えにこられるようにする」

「約束する？」

目の奥を覗かれて、光洋はその言葉を口に出せなかった。「なるべく頑張る」というのが精一杯だ。

しづるに害意がないのは、ほんの少し話しただけで、光洋にも理解できた。長い間一人で島にいたことにも同情する。

だけど彼は人間じゃない。鬼なのだ。

「とにかく今日のところは、我慢してここに残ってくれ」

また『今日』という言葉を使い、しづるに言い聞かせる。

光洋の説得に、しづるが考え込んでいる。手にした桃を見つめ、我慢するようにキュッと唇を噛む。

「……分かった。待ってる」

しづるが顔を上げ、光洋を見つめた。大きな目には涙が溜まっていて、それでも無理やり口の端を引き、「きっと迎えにきてな」と、笑顔を作った。


ボートに一人で乗り込み、光洋は陸地へ帰ってきた。

西園の屋敷へ戻ると、当主が自ら出迎えてくれた。帰ってきた光洋の姿を見て、ホッとしたように相好を崩す。

「……無事でよかった。何事もなく終えられたか？」

当主の言葉に、光洋は短く「はい。滞りなく」と答えた。当主は光洋が島に辿り着けたことに驚いたようで、「そうか」と、感慨深げに頷いた。いろいろと聞きたそうな素振りで光洋の顔を見つめるが、黙っている光洋に無理強いはしてこない。

「夜は親類が集まることになっているが、明日にしてもらうか」

疲れた様子の光洋を見て、当主が気遣うように言った。

「いえ。平気です」

疲れてはいたが、肉体的なものではない。それに、一人で悶々とするよりも、誰かとしゃべっていたほうが、気が紛れるかもしれない。

光洋の返事に、当主は「そうか」と軽く頷き、ではそれまでゆっくりしていろと言ってくれた。

当主の言葉に甘え、光洋は自分のために用意された部屋に戻り、畳の上で横になった。

屋敷に帰ったら、当主にしづるのことを相談しようと思っていたが、何故か言えなかった。言って重荷を下ろしたいという気持ちと、言ったらしづるはどうなるのかという心配がせめぎ合い、結局口を閉じてしまった。

島から脱出することに成功した光洋だったが、気分は重かった。助かったという安堵よりも、しづるを騙しているという罪悪感のほうが大きい。

桟橋からボートを出すとき、しづるは浜辺までついてきて、光洋を見送ってくれた。長い腕を精一杯伸ばし、出ていくボートに向かい、いつまでも手を振っていたのだ。

「きっと迎えにきてな」と言った、しづるの声が耳にこびりついて離れない。

「だけど……、じゃあどうしたらよかったんだよ」

しづるの話が嘘だとは思えない。だけどそうなれば、西園の祖先が嘘を吐いていたということになる。しづるたち鬼を騙し、世間から隔離しておいて、都合のいいときにだけ鬼を利用し、その後放っておいたのだ。

「酷くないか？」

鬼からの恩恵に与りながら、その鬼を悪者にし、自分たちの地位を高め、鬼にまつわる祭事なんかを執り行っている。まるで自分たちが正義の味方のような逸話を残して。

西園の先祖とは、そんなに酷い人間だったのか。

だけど今光洋が憤っても仕方がない。当主も、鬼留乃の人たちも、そんな過去など知らないのだ。先人の教えを信じ、真面目に伝統を守ってきただけだ。

それに、自分も人のことを言えなかった。島から逃げたい一心で、適当なことを言い、核心には触れずに曖昧にしたまま、結局しづるを置き去りにしたのだから。

「やっぱり俺一人じゃどうしようもないよな」

自分で判断するには荷が重すぎる。やはり当主に話そうか。どのタイミングで、どんな説明をすればいいんだろう。

決心がつかないまま部屋でゴロゴロしているうちに夜になり、親類が集まりだした。当主に呼ばれ、挨拶のために広間に出て行く。伯父（おじ）もいた。従兄弟たちも連れている。話していると、遠縁や近所の人が続々とやってきた。

久し振りに鬼留乃にやってきた光洋に、皆懐かしそうな笑顔を向け、両親のことや、大学生活のことなどを聞いてきた。

今日の集まりは、光洋の二十歳の祝いという名目もあり、宴会は始終明るい雰囲気だった。小さい頃の光洋を知っている人たちばかりだから、その成長に驚き、喜んでくれた。

一通りの近況報告が住むと、話題はやはり「鬼鎮め」の儀式のことになった。当主が石に水が湧いたことを話すと、一同が「おお」と驚いた顔をする。

「凄いじゃないか。本当に水が湧いたのか？　どんなだった？」

光洋と同い年の従兄が自分のときは何もなかったと言って、いろいろと聞きたがった。これから儀式を迎える年下の従弟たちも、興味津々だ。

「よく分からないんだ。目を開けたら水が溜まってたから。俺は当主が手品でも使ったんじゃないかと思ったんだよ」

光洋の言葉に、当主が「そんなことをするか」と言い、辺りに笑いが起こる。

「じゃあ、『鬼住み島』に行ったんだ」

当然その話題になり、光洋は顔が強張(こわば)らないように注意しながら、行って、帰ってきたことだけを告げた。

「怖かったからさ、走って祠に行って、やることをやって、すぐに戻ってきた」

特に語ることは何もないという態度の光洋に、目を輝かせて聞いていた従兄弟たちが「なーんだ」と、ガッカリした声を出す。

「ごめん。周りのことも、あんまりよく見てなかったんだ。とにかく怖かったから」

「光洋ってそんなにビビりだっけ？」

「どうだろうな。じゃあ、おまえも行ってみたらいいんじゃないか？」

光洋に切り返された従兄は、「んー」と考えるように上を向き、それから「俺もたぶんビビる」と言って笑った。

従兄弟たちの明るい雰囲気に、光洋の沈んだ気持ちもだいぶ浮上した。光洋の笑顔に、当主も安心したようだ。光洋が水を湧かせたお蔭で文献を探し出せて、その先の儀式の詳細も分かったと、上機嫌で言った。

「だいぶ古くなっていたからな、次の者のために清書して、新しく作り直そうと思う」

当主の提案に、周りの人たちが「それはいい」と賛同する。

「光洋なんか一文字も読めやせん。祝詞なんぞ、すべてひらがなだぞ」

当主がおどけて言い、再び爆笑が起こった。

「鬼鎮めの石」に水が湧いたことについて、もっと騒がれるかと思ったが、驚き、不思議がるものの、どちらかというと「凄い」という感想で、皆すんなりと受け容れている。石に水が湧いた瞬間を、この目で見ていないということもあるのだろう。それに、この鬼留乃に長く住んでいる人たちだ。光洋よりもずっと信心深く、神秘的な現象に対し、寛容なのかもしれない。

宴会の和やかな雰囲気にホッとしながら、しづるのことをますます言えない雰囲気になった。今更実は鬼がいたなんて言い出したら、流石に騒ぎになる。

こんなに大勢がいるところで話すべきではない。話すなら別の機会に、やはり当主だけにこっそり言うのがいいだろう。

当主は光洋の話を信じるだろうか。鬼の存在を信じてくれたとして、しづるが語った内容まで信じてくれるだろうか。

今まで大切に継承してきた伝承が覆るのだ。自分たちの先祖が鬼を騙し、搾取した事実を聞かされて、果たして受け容れられるだろうか。

そこまで考えて、それは難しいことだと思った。光洋はしづるに会い、直接しづるから話を聞いたから、本当のことだと信じられる。だけどここにいる人たちはしづるを知らない。鬼だというだけで、敵意を持つかもしれない。

かつての人々のように、鬼は悪い者だと思い込み、再び退治しようと立ち上がることもあり得るのだ。

「光洋、どうした。ほら、飲もうよ」

考え込んでいる光洋に、従兄が話しかけてきて、ビールを注いでくれる。

「東京の大学はどうだ？　部活とかやってんの？」

「いや、何も。道場とアルバイトだけで精一杯だから」

「そうか。忙しそうだもんな。俺もそっちの大学へ行きたかったな」

従兄は高校卒業後、地元の専門学校へ進み、その先は親と同じ会社に就職が決まっている。西園が経営する不動産業者だ。

光洋の通う大学の話を聞きながら、従兄は自分も一度は東京へ出てみたかったと言った。

「生まれてから今までずっと地元だろ？　他を知らないからさ。行きたいな」

「こっちに遊びに来るなら俺の家に泊まればいい。案内するぞ」

「本当か？」

「ああ。あっちには孝志さんもいるし。割合と近所なんだ。きっと喜ぶよ」

光洋の誘いに、他の従兄弟たちまで行きたいと騒ぎ出した。観光だけではなく、進学や就職を東京でしたいという子もいた。

鬼留乃は住みやすい町だと思うが、ずっとそこに住んでいれば、やはり外の世界に憧れるのだろう。

そんなことを思いながらふと、「鬼住み島」にいるしづるのことを考えた。

島から一度も出ることなく、ずっとあの小さな場所で過ごしてきた。陸で暮らすことに憧れ、人間と同じ生活をすることを夢見ながら、今も一人であの島にいる。

宴会の場がだいぶ砕けていき、皆それぞれの親しい仲間で語り合っている。酒やつまみと共に、果物も運ばれてきた。

冷えたメロンやスイカと一緒に、桃の実もあった。光洋が供えた桃を、しづるは美味しそうに食べていた。勿体ないと言って、腕に滴った汁まで舐めていた。本当に好きなのだろう。

そういえば、あの島でしづるは何を食べて生きているんだろう。島に果物のなる木があるのかもしれないが、桃はないみたいだ。久し振りだと言っていたから。大好物の桃を、しづるは百五十年振りに食べたのだ。

桃の一切れをフォークに刺して口に入れる。大量の汁と一緒に、甘い味が口に広がった。

今は桃が旬の季節だ。美味しい桃はどこに行ったら買えるだろうかと、嬉しそうに桃を頬張っていたしづるの姿を思い出しながら、光洋は考えていた。


翌日の午後。光洋は再びボートを漕いでいた。

リュックには昨日と同じ、桃が入っていた。青果店の人に頼んで、一番甘いものを選んでもらった。値段は張ったが、それぐらいは構わない。

せっかく脱出した島に、光洋は再び行こうとしていた。当主にも誰にもしづるのことは話していない。

しづるを迎え入れる気持ちもないのに、島を訪ねるのは却って可哀想（かわいそう）だろうかと、散々迷ったが、光洋は結局ボートを借りてしまった。

今日も天気は良く、島の姿がはっきりと見えた。昨日と同じように、舟が自然と島に近づいていく。

桟橋に乗り付け、ボートを降りる。島に着いてから、そういえばしづるがどこに住んでいるのか知らなかったことを思い出した。訪ねていこうにも、家が分からない。

「まあ、小さい島だから見つけられるだろう。まずは昨日の祠に行ってみるか」

　砂浜の先にある森に向けて歩き出すと、突然森の奥からしづるが飛び出してきた。裾の短い着物を跳ね上げるようにして、もの凄い勢いで走ってくる。

「光洋！」

　驚いて棒立ちしている光洋に、しづるが飛びついた。長い髪が光洋の顔に触れ、すぐ目の前に角がある。

「早かったな！　もう迎えにきたのか」

　満面の笑みで言われ、光洋は慌てて「いや、そうじゃない」と言った。

　光洋を見上げたしづるがキョトンとした顔を作る。外国のモデルでもこれほど綺麗な人はいないだろうと思う顔の造りだが、浮かべる表情は幼児のようにあどけない。

「迎えにきたんじゃないのか」

「うん。ごめん。まだ説得できていないんだ」

「それを言いに来てくれたのか」

「うん、まあ……そう。っていうか、これ」

　リュックから桃を取り出すと、しづるが悲鳴を上げた。まさしく「キャー」という甲高い声だ。

「桃だ」

「そう。旬だからな、食べたいだろうと思って、いっぱい持ってきた」

「いっぱいか！」

しづるが目を輝かせる。リュックの口を大きく開けて「ほら」と見せてやる。中には桃がぎっしりと入っていた。リュックを覗き込んだしづるが再び悲鳴を上げる。

光洋から桃を受け取ったしづるが、それを両手に高く掲げて踊り出した。小さく跳ねながら光洋の周りをグルグルと回る。

「踊り出すほど嬉しいのか」

「嬉しいよ。桃大好きだもの」

本当に幼児のようなリアクションに、光洋は笑ってしまった。しづるも笑いながら、延々と踊り続ける。

「桃も嬉しいけど、光洋と会えたのが嬉しい」

「俺？」

「うん。昨日も会えて、今日も会えた」

素直な鬼は、感情を隠すことなく光洋に伝えてくる。言葉と表情と身体で、喜びを目一杯表現するのだ。

「光洋は、桃を置いたら帰るか？」

ひとしきり踊ったしづるが、今度は光洋の顔を覗き込むようにして聞いてきた。

「ん？　なんで？」

「だって、迎えにきたんじゃないんだろ？　すぐに帰るか？」

真剣な目で聞かれ、光洋は困惑しながら「すぐってわけじゃないけど」と言った。

「島を案内してもらおうかなって思ってる。しづるの住んでいるところとか見たいし」

光洋がそう言うと、しづるはパッと明るい表情を作り、「いいよ」と、元気よく答えた。

あっち、と指をさし、しづるが案内してくれる。大事そうに桃を抱えながら前を歩き、時々振り返る。光洋が後ろにいることを確かめると、嬉しそうに笑い、また前を向く。

光洋が再び訪ねてきたのが嬉しかったしづるは、用事が済んだらすぐに帰られてしまうのが惜しくて、あんな聞き方をしたのかと、弾むような背中を見て気がついた。

「……なんだ。可愛いな」

しづるのあとをついていきながら、光洋は小さく呟いた。

メチャクチャ可愛いじゃないか。鬼なのに。

しづるに出会ってから、自分が抱いていた鬼のイメージがどんどん覆されていく。こんな可愛い生き物を、人間はどうして恐ろしいなどと思うのだろう。

祠のある方角に向かい、途中から左に折れる。周りは背の高い木に覆われ、だけど歩いている場所にはちゃんと道があり、歩きやすいように雑草が抜かれていた。

「ほら、あそこだよ。おれの家」

短い森を抜けると、小さな村の跡があった。あちこちに掘っ立て小屋が建てられ、畑もある。耕された土には、何かの野菜の葉が並んで生えていた。しづるはここで自給自足の生活をしているらしい。

「おれの家はあれ」

しづるが小屋の一つを指す。他とたいして変わらない古いものだったが、ちゃんと木戸があり、軒先に藁が積んであった。

村全体はその場で見渡せるほどの広さで、全部で二十棟ほどがポツポツと建っている。屋根が潰れていたり、ほとんど土台だけになっているものもある。

「傷んできたら、他の小屋から板をもらってきて直しているんだ」

おいでと言われてしづるの住む小屋に案内された。

中は狭く、布団もなかった。外に積んであった藁と同じものが小屋の隅に敷かれていた。もちろん電気なんか通っていない。

しづるは小屋に入ると、さっそく桃にかぶりついた。「甘ぁい」と言って、昨日と同じように手首に滴った汁を舐めている。

「外に畑があったな。何を植えているんだ？」

「芋。いつでも採れるから。あとは葉野菜も作る。大昔は陸から持ってきた野菜を育てていたんだが、そのうちほとんど採れなくなった。芋は種芋が作れるからな。便利だ。今は島で自生しているやつを育てている」

　初代の十郎左たちがここへやってきたときに持ち込んだ野菜の種は、千年の間になくなってしまった。時々西園に助っ人を頼まれて陸へ行ったときに分けてもらっていたが、それも途絶え、それから数百年は自給自足の生活だったという。

「おれらは食わなくても死なないから、平気なんだ。ただ、力が弱まる」

　鬼の本来持つ神通力が削がれていったのは、この島での食生活が原因だったらしい。だけどしづるは「人間に近くなるから構わない」と言って笑う。

「だってほら、角もこんなに小さい」

　そして人間に近くなった証拠として、小さくなった角を自慢する。

「花も育てるぞ。仲間の墓があっただろ？　あそこに咲いている花は、おれが咲かせたんだ。おれ、花育てるの上手いんだぞ」

「そうだったのか。卒塔婆もしづるが？」

「そう。全部じゃないけどな。前の墓のを真似た。お社の掃除も毎日やっているぞ」

「そうか。けっこう忙しいんだな」

「うん。やることがいっぱいだ」

　しづるはこの島で畑を耕し、小屋を直し、祠を掃除し、仲間の墓を守る生活をしていた。

「百五十年前に、男が来たって言ってただろ？　そのときには五人は他の鬼がいたって」

だ？」

「うん。いたよ」

一つ目の桃を食べ終わったしづるは、さっそく次の桃を食べようと、光洋のリュックに手を入れている。食べなくても平気だと言っていても、食べることは好きなようだ。

「最後の仲間が死んだのはいつ頃？　しづるはどれくらいの間、ここに一人で住んでいるんだ？」

光洋の質問に、しづるは天井を仰ぎ、「うーんと」と桃を持っていないほうの指を折り、数えはじめる。

「よく分からない。順々に死んでいって、最後の仲間が死んでからは、百年……ぐらいかな」

カレンダーのない生活をしているしづるには、月日の感覚がないようだ。自分の年齢すらよく分からないという。前の案内人が来たのが百五十年前というなら、たぶん二百歳ぐらいだと、しづるはあっけらかんとした顔で言った。

ルーティンワークのように同じ作業を繰り返す毎日では、曜日も季節も関係ないのだろう。或いは、どれぐらいの年月だったのか分からなくなるほどの、長い期間だったともいえる。そんな長い年月の中、しづるは残された村の残骸で、たった一人で暮らしているのだ。

「どうした？　光洋。もう帰るか？」

黙ってしまった光洋に、しづるが不安そうな声を出す。

「桃、まだいっぱいある」

桃がある間は光洋が帰らないと思っているのか、勢いのあった一つ目に比べ、二つ目の桃をゆっくりと食べはじめるのが、面白くて可愛くて、切ない。

「まだいるよ。日が暮れる前には帰らないといけないけど」

光洋の言葉に、しづるは小屋の外に視線を移し、「じゃあ、まだ大丈夫だな」と笑顔になり、安心して桃にかぶりつくのだった。

それからは、二人で様々な会話を交わす。

死んでいった仲間たちのこと、彼らから聞いていた人間との暮らしのこと、いつか島を出て、人間たちと一緒に暮らすことを、皆がどれほど切望しながら迎えを待っていたかということ。

しづるに請われ、光洋も向こうでの暮らしのことを話して聞かせた。

光洋の語る普通の生活を、しづるは目を輝かせて聴き入る。

「楽しみだな。おれはみんなと仲良くできるだろうか」

「そうだな。まずは常識を覚えないと」

「じょうしき？」

「あっちではいろいろな決まり事があるからな。しづるが仲間から聞いていたものとはだいぶ変わっていると思うぞ」

「そうなのか。でも大丈夫だ。おれはやれる」

「根拠のない自信だな」

「だっておれは、仲間の誰よりも風貌が人間くさいと言われたぞ？　ほら」

そう言ってまた角を見せてくるから笑ってしまった。

「その角は隠さないといけないな。帽子を被るとか、ヘアバンドを着けるとか」

「ほうほう。それはいいな」

「おまえ分かっていないだろ」

「分からないけど、光洋が教えてくれるんだろ？　だから平気だ」

そう言ってにっこり笑うから憎めない。

話しているうちに、しづるが人間の世界でどうやったら上手く暮らしていけるのか、いつの間にか考えていることに気づき、光洋は苦笑した。しづるがあまりに熱心に聞いてくるから、こっちも乗せられてしまう。

そんなことはできるはずがないのに。

「おれ、箸も使えるぞ。みんなで練習したんだ。人間は箸を使って物を食うからな」

そう思うのに、しづるの無邪気な笑顔を見ていると、性懲りもなくしづるを向こうに連れていったら、と考えてしまう。

地面に落ちている枝を二本拾い、しづるが箸使いを披露する。

「おお、上手いもんだな」

「そうだろう？　これで大丈夫だ」

「でも、現代ではナイフとフォークも使うんだぞ？」

「なんだそれは？」

「ほらな、やっぱり大変だ」

「教えてくれ」

他愛ない会話を交わす間、光洋はずっと笑いっぱなしだ。いつの間にか随分とリラックスしていることに気づく。しづるの飾らない性格と人懐こさに感化され、自分まで自然体になっている。

頭の角にも長い爪にも慣れてしまい、鬼の姿のしづるを、しづるという個性として自然に受け容れている。

楽しい時間は瞬く間に過ぎ、小屋に西日が射してきた。そろそろ帰らないといけない。

そう思って外に視線を向ける光洋を見ると、しづるが「帰るのか」と、再び言った。

「そうだな。日が暮れる。暗くなる前に行かないと」

「……でも、まだ島を案内していない。桃もまだ残っている」

縋（すが）るような声に、胸がキュ、と傷んだ。

「桃は、しづるへのお土産だから、好きなときに食べたらいいよ」

「帰るのか？」

「うん。行かないと」

後ろ髪を引かれるとは、こういう感覚を言うのだなと、泣きそうな顔のしづるを見て思った。だから魔が差してしまった。

「……明日また来るよ」

萎(しお)れかけたしづるの顔が、みるみる咲いていく。

「本当？　明日？」

「ああ、また同じ時間ぐらいに」

「きっとな。きっと来るな？」

「うん。約束する」

未来の約束はできないが、明日の約束ならできる。光洋は昨日言えなかった「約束」という言葉を、今日は口にした。


翌日、翌々日と、光洋は「鬼住み島」へ一人で渡った。「鬼鎮め」の儀式のために島を訪れてから、四日続けてしづると会うことになる。

毎回昼過ぎに訪れ、午後の時間を目一杯使う。島に着くと、しづるは既に桟橋のところで待っていて、ボートを見つけると、海に飛び込みそうな勢いで、光洋を出迎えてくれた。

いったいいつからここで待っていたのか。そんなことを考え、全開の笑顔を向けてくるしづるを見るたびに、鳩尾の辺りが痛くなる光洋だ。

午前中は西園の屋敷で書類整理などの雑用の手伝いをし、夜は相変わらず来客があるのでその相手をするなどして過ごした。居合術の道場にも出向き、当主の見ている前で、従兄との手合わせも果たした。

儀式に強制参加させられる形での訪問だが、居候をさせてもらっている身なので、一日中好き勝手をするわけにはいかない。やることをきちんとこなしていれば、うるさくいわれることがないという計算もある。

そして用事が済むと、しづるの待つ島へ渡り、日暮れ前までの時間を二人で過ごす。

三日目は、前の日に約束した通り、しづるに島を案内してもらった。魚の捕れる川や、食べられる実のなる木を教えてもらい、捕まえた川魚をしづるに振る舞ってもらった。

初めてしづると遭遇した島の中央にある祠に行き、二人で灯籠やお社の掃除もした。花畑のある墓場にも連れていってもらった。しづるが自慢していた通り、鮮やかな花々が元気に咲いていた。前に光洋が踏んでしまった花も、しづるの手によって生き返っていた。

文字を知らないしづるにひらがなを教え、卒塔婆に仲間たちの名前を記すのを手伝った。

帰るときには、しづるはまたあの泣きそうな顔を作り、光洋は再び次の日も来るという約束をし、島を後にする。

そして四日目も約束通りしづるのもとを訪れると、しづるは自分が編んだという細い紐を光洋にくれた。

植物の茎を細く裂き、何本か集めて縒り、更にそれを編んで五ミリぐらいの太さにしたものだ。丁寧に編まれた組紐は、ところどころ赤や紫の色が編み込まれてあり、それは花びらで染めたのだと言った。

「女の鬼が身支度をするのに使っていたのを習ったんだ。これで髪を結んだり、腕に巻いたりしていた。色もずっと褪せない。それに凄く丈夫なんだ」

光洋に自分の作った組紐を渡してくれながら、しづるが説明する。

「いつも桃を持ってきてくれるだろ？　だからおれは光洋にこれをあげる」

光洋が帰ったあとの夜に編んだのだと言った。

「ああ。綺麗だな。ありがとう。どこにつけようか」

持ってきたリュックの口部分にでも結わえようかと思ったが、しづるの編んだ紐は見た目がミサンガにも似ていて、それならと、光洋は自分の手首に巻いてみた。

「結んでくれるか？」

頼まれたしづるが光洋の左の手首にそれをつけてくれた。長い爪で、器用に玉結びを作っている。

「おれの精気を込めたから、光洋を厄災から守るよ」

そう言って、今つけてくれた組紐に、しづるが顔を近づけた。光洋の手首に口づけ、「これで大丈夫だ」と言って、艶やかに笑う。

仕草も口の利き方も子どものようなしづるの、不意の行動にドキリとしてしまった。

「材料の草を見るか？　島の反対側にいっぱい生えているんだ」

「ああ、行ってみようか」

しづるに連れられて、島の反対側に向けて歩いていく。

こっち、と言ってしづるが光洋の手を取って引っ張った。島を歩くとき、しづるは光洋と手を繋ぐようになっていた。座って話しているときも、身体が密着するほど側にくる。

長い間、――どれくらいの長さだったのか、しづる自身が分からなくなるほどの時間、誰とも触れ合うことのなかったしづるは、その期間を埋めるように光洋に触れたがる。

光洋は今日も土産に桃を持参していた。リュックから取りだしてしづるに渡そうとすると、しづるは笑って「まだ桃はあるぞ？　小屋にたんまりととってある」と言う。

「持ってきたんだからもらってくれ。桃はすぐに熟れるから、なるべく早く食べるんだぞ」

「分かった」

素直な返事に、光洋も頷き、それからまた島の中を二人で歩いた。

午後の時間をゆったりと過ごす。会話は尽きなかった。しづるはなんでも知りたがり、光洋も教えるのが楽しかった。

小さな島を四日掛けてくまなく歩き回り、どこに何があるのか、光洋はすっかり覚えてしまった。

いつ島から出られるのか、しづるは今日は聞いてこなかった。光洋の説明で、まだ少し時間がかかることを理解したらしい。それに、光洋が毎日ここへやってくるから、今はそれが楽しくて、島を出る話は後回しにしてもいいと考えたようだ。

素直で裏表のないしづるだから、光洋にはしづるの考えが容易に理解できる。だから辛かった。

日暮れが近づき、島を出る時間が迫ってくる。

「明日も来るだろ？」

光洋の手首に巻かれた組紐を弄びながら、しづるが聞いた。

「……そうだな」

「待ってるな。あ、明日は桃はいらないぞ。まだいっぱいあるから」

「そうか。なるべく早く食べるんだぞ」

明日、光洋は東京へ帰る。だから島へは来られない。

だけどしづるにそれを言えなかった。言ったらどんな顔をするのかが、容易に想像できるからだ。

泣きそうな顔が、本当の泣き顔になってしまうかもしれない。

それを見るのが辛かった。

鬼留乃に来てから既に五日だ。儀式は終わり、親類たちとの挨拶もすべて済ませた。これ以上ここに留まる理由がない。

それに、午前と夜は屋敷で過ごしていても、午後の時間、まったく姿が見えなくなる光洋を、周りが不思議がり始めている。これ以上は限界だった。

しづるのことは、結局当主に話せていない。何度も相談しようと決心しては、思い直すことを繰り返していた。

未だに正解が分からない。言ってしまえば自分は楽になるだろうが、言えばすべてが動き出してしまう。この先どうなってしまうのかが予想できず、恐ろしかった。しづるにとって良いことが起こるとは限らないからだ。

「明日もまた同じ頃だな。待ってる」

「ああ」

「きっとな。桃はいらないからな」

「分かった」

桟橋に向かいながら、昨日と同じような会話を繰り返す。しづるは光洋の手を握っていて、自分が作った組紐をずっと弄んでいた。

ボートに乗ろうとする光洋を、しづるが見送る。

「また明日。待ってるからな。約束な」

言葉を返す代わりに、光洋は手を振った。

光洋を見送りながら、しづるがぴょんぴょんと跳びはねている。細い腕を精一杯伸ばし、こちらに向かって「明日なー！」と手を振っていた。

……言えばよかったのか。今日でもう来られないと。

だけどそれを言えば、しづるはきっと、ならいつ来るのかと、執拗に聞いてくるだろう。

それに答える言葉がなかった。

明日になれば、しづるは今日と同じように浜辺で光洋を待つだろう。いつまで待ってもやってこないことに、何を思うだろう。翌日も浜辺に来るだろうか。……きっと来るんだろうなと思った。

引き返そうか。だけど引き返して何を言えばいい？

実はしづるを迎えにいく準備なんかしていないと、自分は明日東京へ帰るのだと、そんなことは言えない。

自分は卑怯者だ。

悲しむしづるを見たくなくて、自分が責められるのも嫌で、何も言わないまま鬼留乃から出ていこうとしている。

「……困ったな」

罪悪感に苛まれ、海の底まで沈みそうだ。こんな思いをするなら、二日目のあの日、しづるに会いになんて来なければよかった。

初めて会ったときに、正直にすべてを話し、自分は案内人なんかじゃない、鬼を連れて帰るなんてできないと言えばよかった。しづるは絶望するだろうが、それが現実だと教えてあげたほうが、変な期待をさせないで済んだのに。

全部自分の弱さのせいだ。しづるの悲しむ顔が見たくなく、ましてや自分が嫌われたくなくて、ずっと嘘を吐いていたのだ。

いつになってもやってこない光洋を、しづるは恨むだろうか。あとになって突き落とすぐらいなら、初めから優しくするなと思うかもしれない。

そうして自分を騙した光洋を恨みながら、あの島で次の案内人がやってくるのを待つ日々が再び始まる。今度こそ連れていってもらおうと、新しい希望を持ってくれたら、少しは救われるだろうか。

次に鬼削りの石に水を湧かせる男はいつ現れるだろう。また百五十年先になったりするんだろうか。

そのときに、しづるは生きているだろうか。

花畑に広がる五十足らずの鬼の墓たち。

しづるが死んだら、彼のために卒塔婆を立てる者は、……もう誰もいないのだ。

翌日の朝、光洋は屋敷の裏にある社祠の前にいた。

滞在していた部屋の片付けは済んでおり、荷物も纏めてあった。あとは新幹線の時間に合わせ、駅に行くだけだ。

祠の脇にある「鬼削りの石」に目をやる。あのときなみなみと湧いていた水は既に消えていて、濡れた形跡もない。

石に手を翳してみた。じっと待ってみるが、水は湧かず、何も起こらなかった。

「……夢だったんじゃないかな」

水が湧いたのも、自分が島に行ったのも、しづるに会ったことも、夢のように遠くに感じる。

だが、夢ではない。何故なら光洋の左手には、しづるから貰った組紐がしっかりと結んであるからだ。

あと数時間もすれば、昼になる。しづるは今日も光洋の訪れをきっと待っている。

どうして自分だったのか。

あのとき、何故水が湧いたのか、今でも分からない。だけど鬼は実際にいて、光洋は確かに水を湧かせ、「鬼住み島」へ渡った。

心根が優しい人が島に行けるのだとしづるは言った。だけどそんなことはないと、光洋は知っている。優しい人間なら、こんな酷いことはしない。

「本当、なんで俺だったんだろう……」

逆なのではないかと、ふと思う。

これまで選ばれた人たちは、鬼を島から出さず、次の代の鬼鎮めに託し、自分は案内人の役割を放棄した。そういうことを平気でできる人間こそが、選ばれたのではないのだろうか。

お人好しでは、鬼の話に絆(ほだ)されるかもしれず、正義感の強い男なら、先祖のしたことに憤り、鬼が島から出るのを手助けするだろう。

だから光洋のような、どっちつかずの小心者でなければ、鬼鎮めの役が務まらないのかもしれない。

「こんなところにいたのか」

後ろから声がして振り返ると、当主の豊が立っていた。「鬼削りの石」に手を翳している光洋を見て、微笑を浮かべる。

「水は湧かないか」

「はい。なんだか、あのときのことが夢だったような気がして……」

隣に来て、一緒に石を覗き込んだ当主が、「私もそう思う」と言って笑った。

「あんなことは初めてだったからな。私も驚いた。しかし、二人同時に夢を見たのなら、それこそ不思議な話じゃないか」

「そうですね」

しばらく無言のまま、二人で石を眺める。

「あの……」

しづるのことを告白するなら今しかないと、思い切って声を出すが、次の言葉が続かない。

「どうした?」

言いたいことがあるなら言えと、当主が光洋の顔を見つめる。

「……鬼の角があるって……。ここの蔵に保管されているんですよね」

結局言い出せずに、光洋は別の話題を口にした。

「ああ、あるぞ。そういえば昔、おまえたちはそれを探し出そうとして、蔵に忍び込んだんだったな。チビすけが泣きだして、頓挫した」

当時のことを思い出し、当主が笑い声を上げる。そして、「見るか?」と言って、先に歩き出した。鬼の角を見せてくれるらしい。

広い敷地内を歩き、蔵まで行く。扉に付いたダイヤル式の南京錠(なんきんじょう)を外し、当主が扉を開けた。文献を探すときに光洋も手伝ったので、蔵に入るのは子どもの頃と合わせて三度目だ。

鬼関連の物が仕舞ってある棚は蔵の奥にあり、当主はそこから小さな箱を取りだした。

結んである紐を丁寧に解き、ゆっくりと蓋を開け、光洋の前に差し出してくる。

綿に包まれた角がそこに納められていた。

「これが……鬼の角」

三角の突起は先が尖っていて、確かに何かの角のように見える。色は茶色で、竹のような筋が薄らと浮かんでいた。触るのは憚られたが、とても硬そうだ。

「猪の牙に似ているが。私は狩猟の趣味がないのでな、分からない」

光洋と一緒に箱を覗き、当主が密やかな声で言った。これが本物の鬼の角だとは、当主は思っていないようだ。

「鬼を退治したときの証拠の品なんですよね」

しづるの話によれば、西園の祖先は鬼を退治していない。従ってこれは、当主の言うように、獣の牙なのかもしれない。それとも、言葉巧みに鬼を騙し、角を手に入れたのか。

「西園の祖先は鬼と都合三度戦ったとされている。この角は、三度目の戦いでとうとう鬼を倒し、そのときの戦利品だと聞いている」

「三度、ですか」

「そう。まあ、厄災が三度訪れ、そのたびにうちの祖先が回避させたということだろう」

大昔は今よりもずっと自然災害の危機に晒される機会が多かった。大雨や日照り、土砂崩れや川の氾濫などが鬼留乃を襲い、そのたびに西園が奔走し、解決してきた。

「もしかしたら、超能力者でもいたのかもしれないな」

鬼退治の逸話は眉唾ものでも、奇跡としか思えないような幸運が続き、それによって西園が力をつけたのは確かだ。雨乞いをすれば雨が降り、土砂崩れで形を失った山には一晩で道ができた。どれも大袈裟な話ではあるが、鬼留乃の町のあちらこちらに、それらの事象を記した跡が残っている。山は確かに補修され、川の形も変わったのだ。

「『鬼削りの石』にしても、実際に水が湧き出た。おまえも見ただろう」

「はい。……そうですね」

「石に水が湧いたことも、霧に阻まれて、普段は上陸が不可能な島があることも、西園家が栄華を極めたのも事実だ。そして千年もの長い間、消えもせずにこうして続いている」

見えない何かに護られているのかもしれないなと、当主は鬼の角を見つめながら、そう言った。

「我々は祖先の為し得た事柄によって、今もその恩恵に与っている。この伝統は大切に守っていかなくてはならない」

当主が厳かな声を出す。

だけど光洋は知っている。山に道を作ったのも、川の流れを変えたのも、鬼たちだ。彼らは人間に騙されて働かされ、その中で命を落としてしまった鬼もいた。

それほどまでして協力してくれた鬼を騙し、自分たちの功績だと周りに吹聴して歩いたのが、光洋たちの祖先なのだ。

「そろそろ時間じゃないか？　昼前の新幹線なんだろう」

当主の声に、光洋は腕時計に目を落とす。

その腕には、時計と一緒に、しづるがくれた組紐が巻かれていた。


海はオレンジ色に染まり、空からは群青色の幕が降りてくる。

夕暮れ時の海の上で、光洋は再びボートを漕いでいた。

一度は東京へ帰ろうと、新幹線に乗り込んだ。だけどこのまま帰ることがどうしてもできず、引き返してしまったのだった。

馬鹿なことをしていると思う。島へ行ってどうにかなるものでもない。それでもこのまま黙ってしづるの前から消えることができなかった。

ボートを漕いでいるうちに、太陽がどんどん沈んでいき、辺りが暗くなっていく。夜の海を渡ったことはなく、無事に辿り着けるだろうかと焦りながら、光洋は必死にオールを動かした。

景色が暗闇に包まれる中、前方に薄らと島の影が浮かび上がる。今日も霧はかかっていない。まだ大丈夫だ。しづるは怒っていないと、何故かそう確信し、光洋はオールを持つ手に力を込めた。

「しづる――――!」

ボートに乗ったまま大声でしづるを呼んだ。少しでも早く、自分が来たことを知らせたいと思った。約束の時間から半日も遅れている。きっと不安に思いながら、光洋の訪れを待っていたに違いない。

船から降りてボートを括りつける間も、何度もしづるの名前を呼んだ。

日はすっかり沈み、辺りは真っ暗だ。携帯を懐中電灯の代わりにしようと操作していると、背後から足音が聞こえた。

振り返ると同時に、しづるが飛び込んできた。

「光洋！　遅かったじゃないか！」

携帯の明かりにしづるの顔が照らされる。そこに浮かぶ表情は、怒っているのに嬉しそうな、不思議なものだった。

「遅くなってごめんな」

「そうだよ。ずっと待ってたんだぞ」

光洋を責めながら、しづるが強く抱きついてきた。首に両腕を回され、ギュウギュウに締められる。頬にしづるの髪が当たった。辺りはすっかり夜なのに、しづるの髪からはお日様の匂いがする。

「しづる、ここから出よう」

しづるが顔を上げ、光洋を見つめる。

「島から出られるのか？　準備ができたのか？」

「そうじゃないけど、ここから出よう」

新幹線に乗っている間、どうすればいいか、光洋はずっと考えていた。正解は未だに見つからず、だけどしづるを島に一人残していくのだけは嫌だと思ったのだ。

「東京へ行こう。俺と一緒に」

「とうきょう……？」

当主にわけを話してしづるを預けることも考えたが、それは難しいだろうと思った。鬼と西園の祖先との本当の話をしても、どこまで信じてもらえるか分からず、そんな状態でしづるを預けるわけにはいかない。

しづるだって自分と一緒にいたいだろう。だってこんなに懐いているのだ。そんなしづるを一人残していくのは可哀想だ。

「鬼留乃の人たちの説得は、まだできていないんだ。たぶん、凄く時間が掛かると思う。でも、俺もずっと鬼留乃にいられない。本当は今日、東京へ帰る予定だった」

光洋を見つめるしづるの瞳が見開かれる。

「しづるも一緒に行こう」

東京はここよりも人の数が圧倒的に多い。いろいろな人種の人がいるし、服装も生活も様々だ。人間に紛れて生活をするなら、あっちのほうが良いのではないかと考えた。

何より、東京へ連れていけば、自分が側にいてあげられる。ここに残して遠くから心配するくらいなら、一緒に連れていきたい。

「……もう、しづるをこの島に一人で置いておきたくないんだ」

仲間は死に絶え、村の残骸があるだけだ。そんなところで、いつ来るかもしれない案内人を待つ生活なんか、もうさせたくない。

「しづるがあっちでちゃんと暮らせるよう、俺も協力するから。だから一緒に行こう」

光洋の話を聞いていたしづるは、抱きついた腕を離さないまま「行く」と、即答した。

「光洋と一緒にとうきょうへ行く」

「いろいろ大変だと思うけど」

「平気だ。光洋がいるから。いてくれるんだろう？」

艶やかな笑みを浮かべ、しづるが見上げてきた。「連れていってくれ」と言う声が耳元でする。

「よし、行こう」

とても無謀なことをしている自覚はある。これが正解か不正解かと聞かれれば、たぶん間違っている。

「行く。すぐに行くか？」

だけど連れていくと決めてしまった。あとは行動するのみだ。

「用意がいるだろう？　一旦しづるの小屋に行こう。持っていく物を纏めないと」

「そうだな。取りに行こう。光洋の土産の桃がまだ残ってるから」

しづるの返事に光洋は笑った。

「桃は違うだろう。他に着替えとか……」

そこまで言いかけ、改めてしづるの姿を眺める。島から出て東京に連れていくにしても、この恰好のままではまずい。

「とにかく小屋に戻ろう。俺の服を貸すから、それに着替えるんだ」

暗い浜辺を、携帯の明かりを頼りに小屋を目指した。しづるは光洋の腕に摑まったまま、スキップをするように歩いている。突然の島からの脱出の提案に、まったく動揺する様子もない。

彼にしてみれば、長年の夢がようやく叶(かな)い、喜びと希望でいっぱいなのだろう。


しづるの小屋に着いて、さっそく着替えを促す。ボートから運んできた荷物を開け、しづるのための服を吟味する。幸い、二人の背丈はそう変わらないので、光洋の服で十分間に合いそうだ。

島には当然電気がなく、光洋は携帯で鞄(かばん)の中を照らしながらTシャツと綿パンを引っ張り出し、しづるに渡した。

「光洋の着ているのと一緒だ。鮮やかな色だな。綺麗だ」

暗闇の中でも、鬼は夜目が利くらしく、服を渡されたしづるは、珍しそうにそれを眺め、クンクンと匂いを嗅いでいる。

「どうやって着るんだ？」

「これは上から被るんだよ。そんで、こっちは足から穿く」

光洋が説明しているうちにも、しづるはスルスルと自分の着物を脱いでいく。しづるは着物の下には何も着けていなかった。光洋の前で真っ裸で立っている。

「……ああ、下着も穿かないとな」

光洋は再び鞄を漁り、自分のパンツを取りだした。荷物に興味津々のしづるが裸のまま一緒に鞄を覗いてくるから具合が悪い。

パンツを渡すが、しづるがそれを持ったまま動かない。

「着け方が分からない」

「ああ、そうだな。じゃあ、俺が穿かせてやるから、足をここに入れて」

穿きやすいようにパンツを広げ、しづるに足を入れさせる。至近距離にしづるの下半身が見え、変な汗が出る。

しづるの下半身は手足と同じく真っ白で、体毛もなくすべすべだった。鬼なのに、人間の自分よりもよっぽど繊細な肌をしている。

「これからはこういうのをずっと着けて生活するんだぞ」

「寝るときも？」

「そうだな。素っ裸で寝る人もいるけど、普通は穿いて寝る」

「おれ、裸がいい」

「……細かいことはあっちに行ってから決めよう。まずは穿いて」

一つ一つ教えながら、パンツを穿かせ、Tシャツを頭から被せ、綿パンを穿かせる。「なんでこんなに重ねるんだ？」と聞かれるが、「そういうものだから」と答えるしかない。

着替えを手伝いながら、本当に一からすべて教えてやらないといけないことに気づき、光洋はしづるを人間の生活に馴染(なじ)ませる作業がとてつもなく大変だということに、改めて気づかされた。

途方に暮れる思いもあるが、後悔も湧かなかった。

しづるは光洋の服を身に着けて、「光洋と一緒だ」と言って笑っている。

「その角も隠さないとな。帽子は持ってきてないんだよな。タオルでいいか。途中で帽子を買おう」

鞄からタオルを出すと、「おれ、それはできる。頭に着けるんだろ？」と言うので渡してやる。しづるは広げたタオルを頭に被せ、顎(あご)の下で結ぶというほっかむりスタイルになった

ので笑ってしまった。

「シュールだな！」

「おかしいか？」

「微妙に似合っているのがまた……。寄越せ。やってやる」

笑いながらタオルを巻き直してやる。角の形にタオルが飛び出してしまうのを、上手く誤魔化して後ろで結んだ。

「……うん。これでいけるだろう」

Tシャツに綿パンに、頭にタオル姿のしづるは、驚くほど人間に見えた。異常に顔が綺麗なのは仕方がない。外国人だと言えば通りそうだ。多少行動が突飛でも、日本に慣れていないからという言い訳がたつ。

「大丈夫そうだな。これなら人と変わらない」

光洋の言葉に、しづるが「本当か？」と満面の笑みを浮かべ、タオルに隠された角の部分を指でそっと撫でている。

「靴だけは一足しかないから、草履のままで行こう。これも途中で買わなきゃな。あとは、その爪だ。長すぎるから、これも切らないと」

しづるが自分の指を眺め、「切るのか……？」と、不安げな声を出した。

「切ったことないのか？　伸びっぱなし？」

「ない。伸びたらその辺の木を引っ掻いて研いでいた。最近研いだばかりだぞ？　それでも切らないといけない？」

爪を切るのは怖いらしく、しづるが情けない声を出す。

「うーん、ちょっと長すぎるからなあ。でも爪だから痛くないと思うぞ。怖いなら俺が切ってあげるから。慣れていこう」

「……分かった。頑張る」

爪を切るのに必死の決意を持って、しづるが頷いた。


再びボートを漕ぎ、鬼留乃の町に向かった。ずっと一人で漕いできたボートに、今はしづるが乗っている。

空には細い三日月が浮かんでいた。海は暗い。だけどしづるには見えるので、方向を間違えずに真っ直ぐ進めた。

オールを動かしている横で、しづるが町の明かりを見つめている。ボートに乗るのも、海を渡るのも初めての経験だ。瞬きも忘れたようにして、近づく町をじっと眺めていた。

上陸してそのまま駅に向かう。タクシーを使うのはやめることにした。いきなり車に乗せたらしづるがどうなるか分からなかったからだ。

なるべく暗い道を選んで歩きながら、駅までの道を二人で歩いた。広い道路に出たところで、しづるの足が止まる。

「光洋、見ろ。地面に土がない……。あれは……なんだ？　火が動いているぞ。こっちに来る！　ああ！　なんて速さだ。光洋、……っ、……光洋！」

走る車や外灯、家の灯り、コンクリートの建物、新しいものが目に入るたびに、大声で光洋の名を呼ぶ。

「……しづる。落ち着け。叫ぶと目立つから」

なるべく穏やかな声を出し、しづるに言い聞かせる。島しか知らないしづるにとって、アスファルトの道すら初体験なのだ。

「吃驚（びっくり）するよな。これが今の人間の社会だ。あの走っているのは車っていう乗り物だ。人を運ぶものだ。ぶつかったら怪我をするからな、飛び出すんじゃないぞ」

「夜なのに、昼みたいに明るいな。月より明るいじゃないか」

「うん。あれは外灯。電気っていうのを使っている。生活に欠かせないものだ」

見るものすべてに驚きの声を上げるしづるに、一つ一つ丁寧に説明する。

駅まで三十分ほどの距離を、二時間近くも掛けて歩いた。何かを見つけるたびに大声で光洋を呼ぶ。目は大きく見開かれたまま、電柱にも縁石にもコンビニにも興味を示し、あれはなんだと聞いてきて、光洋はそれに付き合い、しづるが理解できるように説明した。

ようやく駅に辿り着き、そこからがまた大変だった。

なるべく目立ちたくないから大声を上げないようにと約束をしても、無理だった。

まずは駅構内の明るさに驚き、行き交う人の多さに声を上げ、金を入れれば自動で出てくる券売機の前では口を開けたまま絶句した。

「光洋、光洋……！　この音はなんだ？　空から声が降ってくるぞ」

「アナウンスだ。……しづる、気持ちは分かるがもう少し声を落として」

「っ！　あの女、裸で歩いているっ」

「しっ！　裸じゃないだろう。ちゃんと服を着ているじゃないか。それに『あの女』じゃない、『女の人』だ」

「でも、あんな布きれ一枚で、よくもまあ往来を歩けるな。乳が見えそうだ」

「黙って」

「光洋のぱんつと同じものを着けている。おれとも一緒だ。ほら」

「見せるんじゃない。違うから。あれはショートパンツっていって、普通の服だ。おまえが穿いているのは下着だからな。これは外で見せちゃいけないものだ」

「乳は見せてもよくて、ぱんつは駄目なのか」

「乳は見せてないだろう」

しづるにつられて自分まで「乳」なんて言葉を発してしまい、ハッとして辺りを見回す。

「あっ！」

「今度はなんだ」

光洋はしづるの手を摑み、声を上げるたびに強く握って注意を促さなければならなかった。

恐ろしく綺麗な顔の男の手を握る光洋を、通りすがる人が振り返るのがいたたまれない。

目立たないように苦心しながら、却って目立っているじゃないか。

「いくら日本が初めてだからって、はしゃぎすぎだぞ？」

「光洋、何を言っている。おれはずっとここに住んでいたんだぞ」

この人は未開の地からやってきた外国人ですという態で対応する光洋の苦労を、台無しにするしづるだ。

珍道中を繰り広げながら、しづるを引き摺るようにして新幹線に乗り込んだ。

電車が滑るように走り出すと、しづるは「……ふぉおおおお」と声を出し、座席に押しつけられるように身体を仰け反らせた。

「……速い。これは速い。光洋、おれは今、飛んでいる」

「座っているけどな」

目をまん丸にして新幹線の速度に感動しているしづるが面白くて、光洋は思わず噴き出した。速さに慣れたあとは、窓に両手をついて、流れる景色を飽きもせずに眺めている。

ずっと興奮しっぱなしのしづるだが、怖がることなく、むしろ楽しそうなのが流石だ。

「いろんなことを覚えていこう。ゆっくり、一つ一つな。そしてこの生活に慣れていこう。なんでも教えるから」

「うん！　おれは大丈夫だ。光洋がいるから、なんにも怖くない」

怖いもの知らずの鬼の子は、光洋がいるから大丈夫だと、無邪気に笑う。頼る人は光洋しかおらず、全力で信頼を寄せてくれる。

「光洋でよかったな」

「俺？」

「うん。案内人が光洋でよかった」

そして「ありがとう」と、光洋に礼を言うのだ。

「やっぱり光洋は約束の人だった。おれを外に連れ出してくれた。嬉しい」

そう言って笑顔を向けてくるしづるに、もっといろいろなことを経験させてあげたいと思った。

小さな島での生活しか知らなかったしづるに、なんでも教えてあげたい。楽しいことも、美味しいものも、たくさんあるのだと。

今まで過ごしてきた長い、長い年月。それから既にいなくなってしまったしづるの仲間たち。彼らの分までしづるには、新しい世界を謳歌(おうか)してもらいたい。

それは純粋にしづるのためだと思う気持ちに加え、千年もの間、彼らを騙し、搾取していた自分の祖先がしたことに対しての、懺悔の思いでもあった。
先代の十郎左が出会った人間が、西園の祖先じゃなかったら、鬼たちの未来は変わっていたかもしれない。もっと早くに人と共存し、幸せな暮らしをしていたかもしれないのだ。少なくともあんな小さな島で千年も隔離された生活をしなくてもよかったはずだ。

「光洋、見て。星が流れていく。あんなにいっぱい」

光洋たちの祖先は、幸せになるはずだった彼らの未来を奪ったのだ。

「あれは星じゃない、街の灯りだよ。流れているのは俺たちだ。光はずっとあそこにある」

「そうなのか。綺麗だな。外の世界は綺麗なものでいっぱいだ」

美しい姿をした鬼は、この世のものとは思えないほどの美しい笑顔を作り、何度も光洋の名を呼ぶのだった。

東京に着いたのは、既に深夜に近い時刻だった。

駅からタクシーに乗り、予め連絡をしておいた訪問先へ向かった。電車はまだ使えない。東京の混雑は鬼留乃の比ではなく、しづるがどんな騒動を起こすかと恐怖だったからだ。

新幹線の速さを経験したしづるは、もはやタクシーには驚かなかった。それでも車の窓にべったりと張り付き、外の景色を眺めている。

東京駅で帽子を買った。キャップ型の帽子は角が邪魔をして被れなかったので、キャスケットにした。ふわっとした形の白い帽子は、しづるによく似合った。本人もとても気に入ったらしく、試着用の鏡の前で、帽子を被った自分をずっと眺めていた。

スニーカーも買おうとしたが、靴を履いたことのないしづるが嫌がったので、今日のところはサンダルを買って与えた。そのうち練習して、靴を履けるようにしないといけないなと思った。

タクシーを降りた先は自宅ではなく、光洋の兄的存在で、居合術の師匠でもある孝志の家だった。

孝志は道場を併設した家に一人で住んでいる。元はやはり西園の親戚筋で、孝志の師に当たる人が住んでいた屋敷だ。その人が隠居することになり、一番弟子で師範の免状を持つ孝志が跡を継いだのだ。孝志の親は別の場所で整体と針灸の診療所を営んでおり、孝志はそこを手伝いながら、道場を切り盛りしているのだった。

しづるを連れて東京へ帰るにあたり、光洋は孝志を頼ろうと、新幹線から彼に連絡をしていた。見切り発車で行動を起こしてしまった頭の隅に、孝志の存在があったから、ここまで大胆なことができたのだともいえる。彼なら信用できるし、きっとなんらかの手助けをしてくれると踏んでいたのだ。

しづるの正体について、孝志にだけは正直に打ち明けようかと迷ったが、それも時期を見ることにした。頼りになる人だが、彼も西園の人間だ。鬼留乃に連絡を取られ、光洋が島から鬼を連れ出したことがバレれば大騒ぎになることは必至だ。自分が責められるだけで済むならいいが、しづるがどう扱われるのかを考えると、慎重にならざるを得ない。

　自分の実家にしづるを連れて帰ることも考えたが、自分の親だけに、容赦なく追及されたら、きっとボロが出ると思った。

　一番いいのは、孝志の屋敷にしづるを一時期住まわせてもらいたいというものだったが、そこまで甘えるのはどうかという逡巡（しゅんじゅん）もあった。相談をしてみて、頼れそうだったらお願いするつもりだ。それが無理なら、アパートを借りる際の保証人だけでも頼めないだろうか。

　本当なら、縁者の誰にも迷惑を掛けることなくしづるを匿（かくま）いたいが、学生の身では限界があった。保証人もなく住まいを借りることはできないし、すぐにも親に知られてしまう。だから大人の力が必要だった。

　遅い時間にもかかわらず、孝志は光洋の訪問を待っていてくれた。

　しづるを伴い屋敷に入る。西園の親戚筋の家とあって、古い日本家屋は、規模こそまったく違うが、鬼留乃の本家の屋敷に似ていた。通された客間には縁側があり、そこから庭が臨めた。

「こんな時間に連絡がくるから驚いた。相談事があるとか、いったいなんだ？」

　気さくな態度で招き入れた孝志は、光洋の隣にいるしづるを見て、その人離れした美貌に一瞬息を呑んだようになり、それから平静な顔を作った。

「その人のことか？　どなただろう」

頼みごとの内容をある程度予測したらしい孝志はそう言って、しづるを真っ直ぐに見据えた。

しづるに答えさせるわけにはいかない光洋は、膝を進め、「詳しい事情は今ちょっと言えないんだけど」と前置きし、説明を始めた。しづるにはここに来る前に、とにかく何も言うなと言ってある。

「鬼留乃で知り合った人なんだ。外国籍なんだけど、事情があって今日本にいる」

頼る知人がなく、困っているというのでなんとか手助けをしたいのだと、言葉を選びながら光洋は話を続けた。

「今まで凄く大変な思いをしてきた人なんだ。こっちで頼る人がいなくて、俺が手助けするって約束をした。でも、俺は学生で、やれることが限られている。だから孝志さんの力を借りたい」

光洋の説明を、孝志は黙って聞いていた。腕を組み、真剣な顔をして、光洋としづるの顔を見比べている。

「困っているというのは分かったが、手助けといっても、具体的に何を望んでいるんだ？」

視線を外さないまま、孝志が問う。

「……できたら、しばらくの間、彼をここに住まわせてほしい」

光洋の図々しすぎる要求に、孝志が僅かに目を見開く。

「迷惑をかけないように、俺が責任をもって面倒をみる。アルバイトで金を貯めて、そうしたらアパートを借りられると思うんだ。その際は、保証人もお願いしたい」

孝志が難しい顔をして考え込んだ。

「おまえも学生の身だ。働くと言っても、たかが知れているし、それで学業に身が入らなくなれば、本末転倒だ」

「分かってる。大学のこともちゃんとやるよ。迷惑は掛けない」

話を持ち込んでいる時点で、既に孝志には迷惑を掛けているが、それ以上はないからと、光洋は必死にお願いした。

孝志は何も言わず、表情も厳しいままだった。しづるの素性も、詳しい事情も話さないまま、一方的に要求だけするのは、やはり虫がよすぎたか。

「……俺しかいないんだ。助けてやるって約束して、俺がここまで連れてきたんだ。だから、俺がなんとかしてやらないと駄目なんだ。しづるをあそこに帰すことはできない」

考えなしの行動を取っていることは十分自覚している。なんの力も持たない学生が、人を助けようだなんておこがましいことだ。だけど、しづるが頼れるのは自分しかおらず、もう引き返せないし、あの島に戻すのは、自分が嫌なのだ。

沈黙が続いた。

しづるをここで預かってもらうのは無理そうだと思い、光洋は頭の中で直ちに計算をした。やはりアパートを借りて、そこにしづるを連れていこう。金はどれくらい必要になるんだろうか。ずっと実家住まいなので部屋の借り方も分からない。早急に調べて動かなくてはいけない。

今日一晩でもここに置いてもらいたいと思っていたが、孝志の顔を見れば、それも無理そうだ。

「夜遅くに面倒なことを頼みにきたりして、ごめんな」

しづるを助けたいと思いながら、自分が人を頼るのは、それこそ本末転倒だと思った。

「また改めて相談しに来る。保証人のこと、考えておいてほしい。孝志さんにしかお願いできないんだ。それだけ頼みます」

床に手をついて、丁寧に頭を下げる。隣でそれを見たしづるも、光洋を真似て慌てて頭を下げている。

「しづる、行こう」

今日は実家に連れて帰って、これからのことを考えよう。親には大学の留学生だとでも説明すれば、なんとか誤魔化せる。

もう一度礼をして立ち上がりかける光洋を、「待ちなさい」と、孝志が引き留めた。

「断るとは言っていない」

表情は相変わらず厳しいが、孝志はそう言ってもう一度座るように二人を促す。

「随分無計画な提案だと思ってな。おまえにしては珍しい」

「ごめん」

自分でも厚かましいと思っている。だけど他に頼れる人がいなかったのだ。

「普段のおまえは、もう少し弁えた性格をしているからな。そんなおまえがこんな夜更けにやってきて、唐突なことを言ってくるから驚いた」

「うん。本当にごめんなさい。でも……」

言葉を続けようとする光洋に、孝志は片手を上げて、「分かっている」と、遮った。

「よほどのことなんだろう？」

そう言って、光洋たちがここに来てから初めて、孝志が笑顔になる。

「彼をここで預かろう」

孝志の声に、光洋は「え」と小さく叫び、顔を上げた。驚いている光洋に、孝志が笑い、「なんだ。おまえが頼みにきたんじゃないか」と言う。

「離れを使いなさい。今あそこは物置になっているから、掃除が大変だが」

「構わない。孝志さん、ありがとう」

もう一度深々と頭を下げる。隣でしづるも同じ動作をした。

「保証人だとか、アパートだとかの話は、今は考えなくてもいいから。おまえは学生なんだからな」

　無謀なことは考えるなと、孝志が一瞬厳しい顔を作り、光洋に釘を刺す。

「私が断ったら、何をするか分からないからな」

　孝志は光洋の切羽詰まった様子に危うさを感じ、手を貸すことにしたらしい。

「それにしても、どうしたんだ？　おまえがこんなに正義感が強いとは思わなかった」

「そんなんじゃないよ。でも、……うん。おれも吃驚している」

　孝志の言う通り、光洋は良くも悪くも現代っ子で、こんなふうに熱くなるのは珍しい。ちゃっかりしていると前にも言われたが、たぶんその通りで、自分から面倒を起こすようなことはしないし、他所の面倒事にも積極的に飛び込むような質でもない。人のためになり振り構わず頭を下げるのは初めてで、だから孝志も驚いたのだ。

「彼のことは別なんだ」

　だけどしづるだけは特別だ。自分が連れ出さなければ、今もあの島でずっと一人でいただろう。世間を知らず、人を疑うことも知らないしづるを守れるのは、自分しかいない。

　隣にいるしづるに顔を向ける。しづるも光洋を見ていた。言いつけを守り、ずっと黙ったまま座っている。

　一番の懸案はなんとかなったと、しづるに笑顔を向けると、つられるようにしづるも笑った。

孝志の案内で、さっそく離れの部屋を使わせてもらうことになった。

物置となっていると言われた通り、そこには前に住んでいた人が残していったものがたくさん積まれていた。タンスや座卓などの家具はそのまま使えそうで、とてもありがたい。

昔は隠居部屋として使っていたという離れは、小さな台所もあり、生活するには十分なスペースがあった。電気も通っていて、ガスと水道は、孝志が明日以降に開通の手配をすると言ってくれた。

今日はとにかく寝る場所を確保するだけにして、孝志にも手伝ってもらい、荷物を運び出した。夏休みはまだだいぶ残っているから、あとは追々片付けていけばいい。

しづるは光洋のあとをずっとついて歩いている。バケツに水を汲みに母屋へ行くと、姿の見えないことに不安を覚えたのか、例によって大声で名前を呼ぶものだから、光洋は慌てて走って戻らければならなかった。

「黙っていなくなったりしないから、大声で呼ぶな。近所に迷惑だから」

ぞうきんで床を拭きながらしづるを叱る。しづるにもぞうきんを渡して掃除の仕方を教えてやった。

孝志が客用の布団を運んできてくれた。

「一組でいいのか？　おまえはどうする？　自宅に帰るか？」

孝志に聞かれて光洋はしづると顔を見合わせた。「光洋、いなくなるのか？」と、縋るような目で訴えられてしまい、光洋は苦笑して、孝志にもう一組布団を貸してくれと言った。

「もうちょっと片付けないとな。布団二組分。しづる、手伝って。これを運べるか」

「やる！」

積み上がっている段ボール箱の一つを渡そうとすると、しづるが飛びつくようにそれを受け取った。指示された場所に運びながら、「光洋もここで寝るか？」と嬉しそうに聞いてくる。

「ああ、一人だと心配だからな」

「そうだ。心配だろ」

「自分で言うなよ」

なんとか布団二組分のスペースを作り、そこに布団を並べた。孝志がまたもや寝間着用の浴衣を持ってきてくれた。水道がまだ出ないからと、お茶を淹れたポットまで用意している。なんだかんだいっても、孝志も世話焼きだ。

「食器やなんか、買ってこないとな」

ざっと片付いた部屋を見回し、差し入れのお茶を飲みながらこれからの算段をする。あるものはありがたく使わせてもらうが、それでも細々した生活用品が必要だ。服も下着もいる。いつまでも光洋のものを与えるわけにもいかないだろう。

「光洋、おまえ、道場を手伝え」

頭の中で買い物リストを作っている光洋に、孝志が言った。

「もちろん、ちゃんと報酬も支払うから」

「え、いいの?」

「診療所とここと、兼業でやっているだろ? 大変なんだよ。特に今は夏休みだから、昼間に子どもを教えてるんだが、これがなかなか大変でさ。手伝ってもらえるとこっちも助かる」

ここの家賃の分を労働で支払わせてもらえるだけでもありがたいのに、その上賃金までくれるという。しづるの生活を整えるためにはお金が必要で、光洋はアルバイトを増やそうと思っていたから、孝志の提案は渡りに船だ。ここなら道場の手伝いをしながら、しづるの様子も見ることができる。

「ありがとう、孝志さん。助かるよ」

孝志の気遣いに感謝する。

寝床が完成し、深夜も過ぎているということで、今日はもう休むことにした。

孝志に借りた浴衣をしづるに渡し、自分は手持ちの部屋着に着替える。光洋に借りていた洋服を脱ぐと、一緒に下着まで脱ごうとするので、それは穿いておけと言ってやる。

「けど、何も着けていないほうが楽だ」

初めての洋服が窮屈だったらしく、しづるはパンツを穿きたくないと駄々を捏ね、じゃあ、今日は穿かなくてもいいということにした。素肌の上に浴衣を着たしづるが、はあ、と溜め息を吐いた。

初めての外の世界を経験し、楽しそうにしていたしづるだが、やはり緊張していたらしく、馴染(なじ)みのある着物に戻って、気が抜けたのだろう。それでも光洋の顔を見ると、笑顔になる。

「緊張したよな。ご苦労さん」

「おれ、どうだった？　ちゃんと人間をしていたか？」

布団の上に両手両足をついたまま、光洋の側(そば)ににじり寄ってきて、しづるが下から覗(のぞ)いてきた。本人的にはとても頑張ったのだろう、期待の籠(こ)もった目で見つめてくる。

「ああ、よく頑張ったと思うよ。偉かったな」

光洋の褒め言葉に、しづるはこれ以上ないというぐらいに満面の笑みを浮かべ、「本当か？」と嬉しそうに言った。

実際、本当によく頑張ったと思う。洋服も新幹線も、彼にとって、すべてが初めての経験だ。それに光洋以外の人間と接するのも初めてなのだ。自分だったらと考えても、想像がつかないくらいに大変なことだと思う。

「ちょっとずつ慣れていこうな。しづるなら大丈夫だ」

彼がこの世界でつつがなく暮らしていけるように、精一杯面倒をみようと思った。

「おれも、孝志さんの手伝いをする」

「しづるが？」

「うん。重い荷物も運べるぞ。さっきだって手伝った。おれ、ちゃんと役に立っただろ？」

段ボール箱を運んだだけだが、しづるはそう言って、「おれも働く」と言う。

「まあ、その辺も孝志さんと相談していこう。いきなりいろんなことは無理だから、少しずつ経験を積んでいったらいいよ」

今は慣れることが第一だと諭すのだが、しづるの張り切りは止まらない。

「働いたら賃金をもらうんだろ？ それでいろいろなものが買えるんだろ？」

「まあ、そうだけど、まだそういう段階じゃないから、とにかく今は……」

「金が貯まったら、おれは牛を飼う。牛って知ってるか？」

「もちろん知ってるけど、牛なんか飼ってどうするんだよ」

「牛はうんと役に立つんだぞ。乳も飲めるし、畑を耕すときにあれに鋤を引かせるんだと。立派な家は、牛を何頭も飼うんだと。いつか仲間が言うとった。誰が一番多く牛を飼うか競おうって話していたんだ。おれはうんと働いて牛を飼う」

「しづる……」

意気揚々と、これからの生活設計を語るしづるに、根本的なことを教えていかなければならないと考え、光洋は大きな溜め息を吐いた。

いつまでも興奮したままのしづるを促し、二人して布団に入る。しづるは、横になっても喋り続ける。

「しかし大きなお屋敷だな！　孝志さんは長者か」

「さあ、そこまでじゃないと思うけど」

「牛は何頭飼っている？」

「牛は飼ってない」

「なんでだ？　長者なのに？」

「しづる。明日もあるからもう寝よう」

延々と喋り続けるしづるに言うが、しづるは爛々と目を輝かせ、「寝ない」と言い張る。

「疲れただろう」

「疲れていない」

「俺は疲れたよ。寝かせてくれ」

「光洋」

「寝るぞ」

まだ話しかけてこようとするしづるを放っておいて、光洋は目を閉じた。隣の布団がゴソゴソいっている。しばらくしてそっと目を開けると、しづるが至近距離から見下ろしているから吃驚した。

「うわっ！」

「光洋、起きたか？」

「これから寝るんだよ。しづるももう寝なさい」

「寝ない」

寝ろ、寝ないの応酬が続き、光洋はとうとう噴き出した。笑っている光洋に気をよくしたしづるがにじり寄ってきて、ほとんどこっちの布団にいる。

「ほら、自分の布団に戻って」

宵っ張りのしづるを宥めるが、しづるは動かず、光洋のすぐ側で横たわっている。説得する元気もなく、そのまま目を閉じた。沈み込むように眠気がやってくる。

ウトウトしていると、ふと右腕を取られる感覚がして、光洋は目を開けた。しづるが光洋の左手首に巻かれた組紐を弄っている。

島で遊んでいたときも、しづるはこうやって光洋の手を取り、紐を触っていた。

鬼は睡眠を取らないのかな、などと考えているうちに、再び眠気がやってきた。しづるはまだ光洋の腕で悪戯をしている。

カリ、と手首に爪が当たった。

ああ、そういえば、爪を切ってやるのを忘れていた。明日になったら切ってあげなきゃ。

しづるに腕を弄ばれながら、とりとめのないことを考えているうちに、光洋はいつの間にか深い眠りに落ちていた。

「ほら、動かない。指を切っちゃうだろ？」

「うー」

唸るような声を上げ、しづるが身体を縮ませて抵抗する。

逃げようとするしづるの足首を摑み、光洋は自分の膝の上にそれを乗せた。

風呂上がりに、しづるの爪を切っているところだ。

しづるを孝志の屋敷の離れに預けてから、一週間が経っていた。

初日は光洋もしづるの部屋に泊まったが、それからは、自分は自宅に戻り、毎日訪ねるという生活を続けている。

しづるは寂しがり、どうにか引き留めようとしてきて大変だったが、光洋のほうにも都合があった。孝志は兄のように親しい存在だが、しづるに加えて自分まで入り浸りになるわけにはいかなかった。親に知れたら藪を突くことになる。

といっても、午前中のうちに孝志の家を訪ね、道場の手伝いをしながらしづると過ごし、夜遅くに帰るという生活をしているから、ほとんど入り浸りなのだが、外泊はしないというルールを決め、自分なりに節度を保っているのだ。

この一週間、光洋はしづるに人間生活のルールを教えながら、徐々に外へと連れ出した。

初めは家の周りを歩くだけにし、次にはコンビニに連れていった。買い物の仕方を教え、慣れたところでもう少し遠出して、生活雑貨の店に行って、生活用品などを揃えた。外に出るときには、必ず帽子を被るようにし、離れにいる間も、寝るとき以外は常にタオルかバンダナを被り、角を見咎められないよう注意している。外を歩けば、しづるの異常なまでの美貌に皆注目するので、人ではないことがバレるのではないかと、初めはヤキモキしたが、ずば抜けた容貌に却って意識が集中するのか、疑われることがないのが幸いだった。

しづるの暮らしを手伝いながら、服の着方から、脱いだら畳むことや、挨拶や礼儀など、基本的なことから細々したことまで、少しずつ教えていった。

生活習慣のないしづるにとっては、面倒なことも窮屈なことも多いと思うが、人間と共存して生きたいという強い意思があるから、光洋の言葉に素直に従い、健気に努力していた。

母屋で風呂を借り、風呂の使い方も教えた。島では川で水浴びをするだけだったしづるは、熱い湯に入ったことがなく、初日はえらい騒ぎになった。髪の洗い方が下手くそで、シャンプーが目に入ってしまい、阿鼻叫喚となった。それに懲りたしづるは、次の日も一人では嫌だというので、前日と同じように光洋も一緒に入ることになり、結局それが日課となってしまった。

今日も二人で風呂に入ったあと、こうしてしづるの爪を切っている。しづるは爪が伸びるのが早いので、毎日切ってやらなければならない。しかもその爪はとても丈夫で、普通の爪切りでは太刀打ちできず、ニッパー型のものを買ってきた。しづるからすると、この爪切りの形が恐ろしいらしく、隙あらば逃げようとするので、光洋は毎回苦労していた。

「ちゃんと毎日切らないと、すぐ靴下に穴が空いちゃうんだよ」

「靴下を履かなければいい」

「そういうわけにはいかないの。おまえ、庭の梅の木で爪を研いだだろう」

「してない」

「嘘を吐け。おまえの爪痕だったぞ。ほら、じっとして」

「ぅうううぅぅうううう」

ニッパーで爪を挟んだら、しづるが唸り、足の指が丸まる。

「指を丸めるなよ。器用な指だな。いくよ、動くなよ」

爪を切るたびにこの騒ぎだ。何度やっても慣れてくれず、だけど光洋はこうやってしづるの爪を切ってあげるのが好きだった。

パチン、と音がしてしづるの爪が飛ぶ。鋭く長い爪だが、綺麗(きれい)なピンク色をしていた。

時間を掛けて十本の指全部の爪を切り終えた。

「ほら、切ったぞ。じゃあ、次は手のほうな」

光洋の声に、しづるは「ん」と返事をし、光洋の膝の間に腰を下ろした。

これは、初めて爪を切ったときに、逃げようとするしづるを捕まえ、押さえ込んで切ってやった結果、このスタイルが定着してしまったものだ。

しづるのほうが若干華奢だが、背丈がそう変わらない二人が、膝抱っこの状態で爪を切っている姿は、なかなか恥ずかしいものがある。だけどしづるはこうしてやらないと爪を切らせてくれないので、仕方がない。

孝志には絶対見せられない姿だ。ドアはしっかり閉めているが、不意に入ってきたら困るなと、毎回ドキドキしている。ただ爪を切ってやるだけなのに、なんだか悪いことをしているみたいだ。

背中から腕を回し、しづるの細い指を自分の手に包みながら丁寧に爪を切る。風呂上がりのしづるの髪からシャンプーの匂いがした。自分の髪も同じ匂いだ。指は光洋よりもだいぶ細い。それでも力持ちなんだよなと思いながら、親指から順に切っていく。

「もうすぐおけいこの時間だろ？」

光洋の膝の上で爪を切ってもらいながら、しづるが言った。

孝志と約束した通り、光洋は毎日道場で孝志のアシストをしている。教えるのは大半が成人済みの大人で、平日の夜と日曜の昼に道場を開いている。ここ最近、子どもにも教えてほしいという依頼があり、実験的に夏休みなどの長期休みの間、午後の時間にも教えているのだ。最近の戦国ブームのお蔭か、生徒の数が多く、曜日を増やして対応していたので、光洋の手伝いが入ったことは、孝志にとってもありがたいことだった。

「光洋のあれ、恰好良いな。剣術」

居合は刀を納めた状態からの真剣勝負を想定した剣術で、敵に遭遇し、柄に手を掛けて鯉口を切ってのち抜刀し、相手と刃を交えた後の納刀までの、一連の動作を形として伝えるものだ。相手の呼吸と間合いを計り、常に相手の先を読んで動く。対戦を終え刀を納めるまでの間、一瞬たりとも気を抜けず、形といえども凄まじい緊張感を生む。

「そうか？」

「孝志さんのほうがもっと恰好良いが」

「なんだよ」

光洋が道場での手伝いをしている間、しづるも顔を出し、道具の手入れや、稽古が終わったあとの掃除などを手伝っていた。したがって光洋が生徒や師範を相手に組太刀を行っている様子も、しょっちゅう見学しているのだ。

「孝志さんの放つ気は、太くて強い」

「ああ、そんな感じだ。俺のは？　どんな気が見える？」

「そうだな。ふわっとしてるな」

「弱そうってことか……。けっこう鍛えているつもりだったんだけどな」

光洋の落胆の声に、しづるが笑い声を上げる。

「ふわっとして、時々ズバッっていうのがある。速くて鋭い」

「そうか」

「時々だぞ」

「わざわざ念を押すなよ。落ち込むだろ」

「孝志さんはずっと『ゴゴゴゴゴ』といってるが、光洋のはふわふわ……、そうしておいて、時々ズバ！　だな」

感覚で喋っているので抽象的だが、しづるにはそういった気の流れのようなものを感じられるようだった。

そういえば、あの島で初めてしづると出会ったとき、隙だらけなのに隙がなく、こいつ強いと感じたことを思い出した。

孝志としづるが対戦したらどうなるんだろう。孝志の居合術は、光洋など及びもつかないほどの卓越した技術だが、それでもしづるには敵わないかもしれない。光洋程度の腕では、しづるの強さの程度は推し量れないが、出鱈目な強さだということは流石に分かる。

「ほら、右手終わったぞ。次、左手出して」

「ん」

そんな出鱈目に強い鬼のしづるは、光洋に背中を預け、優雅に爪を切ってもらっている。

風呂には一人で入れず、シャンプーが目に入れば泣き叫び、靴下にすぐ穴を開ける。

「まったくアンバランスだな」

「なんだそれは？」

光洋の呟きを聞きつけたしづるが顔を上げた。髪から覗いた角が光洋の頬に当たる。

「いいや。なんでもない。これが終わったら、買い物に行こうか」

「行く。コンビニ」

しづるが直ぐさま元気のいい返事をする。

しづるはコンビニがお気に入りだ。アイスや菓子パン、お握りなど、初めての食べ物に果敢に挑戦し、毎回感動している。好き嫌いは特にないようで、なんでも喜んで食べるが、やはり好物は果物だ。中でも一番のお気に入りは「桃缶」だった。

「桃缶買ってくれ、光洋」

「好きだな、桃缶」

「だって甘いんだぞ？　初めて食べたとき、極楽に来たかと思うた。あれは素晴らしい発明じゃ。一年中桃が食えるのだからな」

しづるの桃缶賛美に思わず笑う。

「早く行こう。急がねばなくなってしまう」

「なくならないよ。まだ薬指と小指が残ってるだろ。ほら、動かないで」

すぐにでも飛び出していきそうなしづるにそう言って、光洋はしづるの左手の薬指に、自分の手を添えた。

九月になった。もうすぐ大学が始まる。

その日、光洋はしづるを連れて駅を目指していた。孝志に許可を得て、手伝いも休ませてもらった。大学が始まってしまえば今までのように一日中一緒にはいられない。だから今のうちに遠出をして、遊びに行くことにしたのだ。

しづるにどこへ行きたいかと聞いたら、動物園というものに行ってみたいというので、上野に向かっているところだ。

牛を飼いたいと切望していたしづるだったが、「鬼住み島」には鬼たちの他には動物はいなく、実は鳥以外見たことがなかった。初めての動物との遭遇は、孝志の家の近所にいる犬で、しづるは犬を見た途端、興奮して飛びかかりそうになり、もの凄い勢いで吠(ほ)えられた。猫のときも同じく、毛を逆立てて逃げられてしまったのだった。だから檻(おり)の中にいる動物なら逃げられることはないからと、連れていくことにした。

電車の中では走らない、大声を出さないということを約束して、駅に行った。それまでも、コンビニやスーパー、近所の公園など、あちこち出歩いていたし、道場に通う生徒たちとも多少の交流ができていたので、光洋はそれほど心配をしていなかった。

好奇心旺盛で、興奮しやすいしづるだが、その分順応性も高い。頭の回転も速く、その上素直な性格なので、一度言えばだいたいのことは理解できたし、努力も惜しまない。

危なっかしいところはまだまだあるが、光洋が懸念していたよりもずっと早く、しずるは人間の社会に馴染んでいた。

今日もしずるはキャスケットキャップを被り、Tシャツにハーフパンツという出で立ちだ。スニーカーはたくさん歩くことを考え、サンダルにしてある。草履と同じ構造だからしずるには履きやすいし、季節柄不自然にも見えない。

しずるを連れて歩いていると、相変わらず道行く人がほぼ全員振り返った。現代風の服装のせいなのか、しずる本人が人間の暮らしに慣れてきて、自信がついたのか、以前よりもいっそう輝きが増したようだ。すれ違う人の誰もが、驚きの表情でしずるの姿に見惚れている。しずるの顔を見慣れているはずの光洋でさえ、不意に笑いかけられたりすると、一瞬見入ってしまうことがある。

そんなしずるの隣を歩きながら、注目されすぎて正体がばれやしないかとハラハラする一方で、誇らしいような気持ちにもなった。この並外れて美しい男は、光洋を唯一の頼りにしていて、何をするときもまず「光洋は？」と聞いてくる。姿が見えなくなれば大声で呼び、側にいれば安心して甘えてくるのだ。

今も光洋の腕に絡まるように摑まって歩いている。自分が贈った組紐を弄びながら、何か興味があることを見つけたら、光洋の腕を引っ張り、名前を呼ぶ。

しずるのこの癖を、なんとかやめさせようとしたが、どうして？　と、薄茶色の大きな瞳で見つめられ、ついには諦めてしまった。

「電車では静かにな」

「分かっている。指もささない」

「そうだ。むやみに触らない」

「匂いを嗅がない。あの女って言わない。乳が見えても騒がない」

「よし。乗ろう」

注意事項の確認をし、いよいよ電車に乗り込んだ。

言いつけ通り、しづるは静かに電車に乗っていた。空いている席に座らせると、子どものように座席に正座をして窓の外を見ようとしたので注意した。

何度か電車を乗り換えて、上野に着いた。長い階段を上り、桜並木の中を通って動物園の入り口へ向かった。

チケット売り場の建物の上には、様々な動物の巨大な写真看板が飾られてあり、それを見ただけで、しづるがはしゃいだ。写真でこれなら、本物を見たらどんな顔をするだろうかと、光洋まで楽しみになった。

園内に入り、まずは動物園の目玉であるパンダを観に行く。光洋の通う大学はまだ夏休みだが、九月になって学校が始まっているところも多いので、すぐに見られるかと思ったら甘かった。パンダ舎の前にはすでに待機列ができていた。それでも三十分ほどだというので、せっかくだから並ぶことにした。

「俺、生のパンダ見たことないんだよな」

「そうなのか。おれもだ」

「ここを過ぎると、すぐ近くに象がいるみたいだ」

「象か。光洋は見たことあるか？」

「象はある」

「そうか。おれは象も見たことがない」

並びながら、入り口でもらった園内マップを広げ、効率よく回る順番を相談し合う。

列が少しずつ進み、もう少しというところで、前が騒がしくなった。なんだろうと思いながら、進むのを待つ。

そろそろ見える場所にさしかかるが、列がなかなか進まなくなった。「どうしたんだろう」「変だね」という声が聞こえてきた。

更に列が進み、いよいよ自分たちの番になる。足を止めないように歩きながら、ガラスばりの向こう側を覗いた。

パンダの遊び場になっている高さの違う台や池、タイヤなどが置かれている部屋の中でパンダの姿を探すが、すぐに見つけられなかった。

「あれ？　いない？」

そんなはずはないので、ガラスの向こう側の隅々までよく見ると、パンダは広いスペースの奥に座っていた。こちらに背中を向け、小さく丸くなっている。

「……あれじゃあよく分からないな。まあ、動物だから仕方がないけど」

パンダは一向にこちらを向かず、いじけたように部屋の隅に蹲っている。時々壁に頭を打ちつけるようにし、ドアを引っ掻いていた。まるで出してくれと訴えているようだ。

「機嫌が悪いのかな」

列に並んでいる他の客たちも、姿を見せないパンダの様子に落胆しているようだ。光洋としても、せっかくしづるを連れて来たのにと、残念に思った。しかしこればかりはどうしようもない。姿が見えなくとも進まなくてはならないので、名残を惜しみながらガラスの前を通り過ぎた。

パンダは残念だったが、気を取り直して他の動物を見て回ることにする。次は象だ。あの巨大な動物を見たら驚くだろうと、嬉々として連れていく。ライオンやトラなんかも、きっと度肝を抜かれる。

しづるの喜ぶ顔が見たくて園内を巡ったが、光洋が期待していたような展開にはならなかった。

どのエリアに行っても、動物たちが異様な動きをするのだ。

象は光洋たちが近づくと、前足を上げて立ち上がり、威嚇するような鳴き声を上げた。逃げ場を探すように右往左往し、中には何度も壁に体当たりをする象もいた。

他の動物たちも軒並み同じで、トラやライオンも檻の中で怯えたようにグルグル回り、恐ろしいような威嚇の声を放つ。

猿山に至っては、まさにパニック状態だった。悲鳴のような叫び声を上げ、園舎の中を逃げ回っている。隅に固まって震えている集団もいた。

「……おれが近づいたからか？」

どこへ行っても同じような動物たちの反応に、しづるが愕然として呟いた。

「おれが鬼だから、みんな怖がっている」

「そんなことはないと思うぞ」

かろうじてフォローの言葉を言うが、動物たちの異様な怯えように、光洋も同じことを思った。今まで動物園には何度か来たことがあるが、あんな姿の彼らを見たことがない。

「おれが怖いのか」

「しづる」

恐慌を来している猿たちの光景を茫然と見つめ、しづるが唇を噛んだ。「行こう」と、光洋の手を取り、急いで離れていく。背後からは猿たちの断末魔のような悲鳴が聞こえてきた。

「犬に吠えられるのも、猫が逃げるのも、おれが怖かったからなんだ」

動物園の入り口付近にまで戻り、ベンチに座った。しづるは項垂れている。動物たちの反

応に相当ショックを受けたのだろう。

「おれ、あいつらを襲ったり、食べたりもしないのに」

「うん。分かってるよ。なんていうか……」

外見を人に似せても、しづるは人ではなく、鬼だ。人間には分からない異質なものを、彼らは本能で感じたのかもしれない。

そんなふうに思ったが、口に出すことはできなかった。

ここへ連れてきたことを後悔した。しづるは今まで見たことないほどに落ち込んでいる。

「出ようか」

これ以上ここにいても、しづるが傷つくだけだ。光洋は項垂れているしづるの手をそっと握り、引き寄せた。

「美味(うま)いもん食べに行こうか。駅の側には大きい店がいっぱいあるよ。買い物もしよう」

しづるの気を引き立てようと、光洋は努めて明るい声を出し、しづるの手を持ったまま立ち上がった。

これから入ろうとする人たちを横目に見ながら、光洋たちは動物園を後にした。

来た道を引き返し、花のない桜並木の道を、手を繋いで歩く。いつもは振り払おうとしてもしつこく離さないのに、今は光洋のほうから手を繋いでいることに、気づいてもいないようだ。

「この辺は桜の名所なんだ。春になったら人でごった返す」

「さくら……知らない」

島には桜の樹がなくて、しづるは見たことがないと言った。動物もそうだが、しづるの知らない花や草木がたくさんある。

「その辺を散歩しようか。そうだ。せっかくだから、博物館とか行ってみる？」

上野の公園は広く、美術館や博物館などが多くある。そういうところなら生きている動物はいないし、少しでも楽しい思い出を作ってやりたい。初めての遠出が悲しいだけで終わるのは、可哀想だ。

気分を切り替えて、光洋は上野の周辺を観光して回ることにした。

まずは日本で一番古いという博物館に行ってみた。建物の前に大きな噴水の広場があり、水の吹き出るそれを見て、しづるが目を見張った。奥に建っている建物にも驚いたみたいだ。

「立派な家だ。誰が住んでいるんだ？」

「誰も住んでいないよ。入ろう」

誰でも自由に入れると聞いて、しづるがまた驚く。ほんの少し元気が出た様子にホッとした。

館内に入ると、書画や壁画、仏像に古代の道具など、歴史的な美術品が展示されていた。

しづるはそれらを前にして、ポカンと口を開け、一つ一つをじっくりと眺めていた。展示品ギリギリまで顔を近づけ、「これはなんだ？」と光洋に聞いてくる。

聞かれた光洋にしても、歴史に特別に詳しいわけでもなく、展示品の前にある説明書を読んで聞かせることしかできなかったが、しづるは熱心に聞き入った。屏風や襖絵を見ては「綺麗だな」と感嘆の声を漏らし、自然神を描いた十二天像の前では、仲間に似ているのがいると言って、光洋を仰天させた。

「こんな顔をした仲間がいたのか」

「うん。こんな派手な恰好はしていなかったが、そっくりだ。あれもそう。似たようなのがいたよ」

しづるが神の像を指した。これを描いた人は、もしかしたら大昔に鬼の姿を見たのかもしれないと、そんなことを思った。

しづるは動物園でのことを忘れたように、夢中になって館内を見て回る。曼荼羅の仏像が大量に展示されているスペースでは、茫然と眺めたまま、しばらく動かなくなった。

目の前に立つ仏像と対面するように、しづるが凝視している。薄暗い館内の中、仏像を照らしているスポットライトがしづるにも当たっていて、美しい横顔を浮かび上がらせていた。

居並ぶ神の姿は迫力があり、それを見つめるしづるも、近寄りがたいような神々しさを放っている。なんとなく、しづるはこういうものと近しい者のように感じた。

長い時間を掛けて展示物を隈なく見て回り、博物館を後にする。しづるの気分を変えることに成功したようで、外の明るさに目を細めながら、しづるが「面白かったな」と、笑顔で言った。

それからはぶらぶらと公園内を歩き、大きな池のある場所へ辿り着いた。池には大量の蓮の花が浮かんでいて、しづるが再び声を上げる。ボートに乗っている人を見て、自分も乗りたいというので、ねだられるままスワンボートを借りた。

「光洋、もっと早く漕げ。向こう岸まで行くぞ」

「なんで急ぐんだよ。景色を見ながらゆっくり回るもんなんだぞ」

カップルや親子が悠々とボートを漕いでいる間を、ショッキングピンクのスワンボートが爆走する。

しづるは大声を上げて笑い、光洋に「早く早く」と急き立てる。光洋も文句を言いながら、高速で足を動かし、池の上を泳ぎ回った。

三十分の貸し出し時間を目一杯楽しみ、それから近くにある弁天堂を覗いてみる。朱色に塗られた変わった形状の建物や、ズラリと並ぶ提灯を見て、しづるが目を輝かせる。お参りをして、おみくじを引いた。しづるは「吉」で、光洋は「小吉」だった。内容を光洋から聞いたしづるが、その紙を丁寧に畳み、ポケットに仕舞った。

外国人の観光客がたくさんいて、光洋たちと同じようにおみくじを引いたり、御守りを購入したりしている。その中にいても、しづるの美貌はやはり際立っていた。

弁天堂の側には多くの出店が並んでいて、しづるがそれにも興味を示す。請われるままべビーカステラと焼きそばと、杏飴を買った。

ベンチを見つけて二人で座り、屋台で買ってきたものをシェアして食べた。しづるは杏飴を舐めながら、焼きそばを食べている。

「味が混ざるだろう。どっちかにしたら？」

「なんでだ？　どっちも美味いぞ」

飴で唇を赤くしたしづるが笑って言った。

あちこち見て回っているうちに、完全に機嫌が直ったらしく、いつもの好奇心旺盛なしづるに戻っていた。よかったと思う。

「光洋。……見て」

しづるに呼ばれ、ん？　と顔を向けると、しづるが自分の足許に目を落としている。そこには数羽の鳩がいて、地面に落ちているポップコーンを啄んでいた。

「鳥が来た。おれがいても逃げない」

鳩は目の前のご馳走に夢中なようで、しづるの足先にまで近づいている。

「島にも鳥が飛んできた。あいつらも逃げなかった。木の実を分けてやったりした。覚えていたのかな」

鳩が逃げないように、しづるが小さな声を出す。

「そうかもな。鳥はしづるが怖くないってちゃんと知っているのかもな」

「そうかな。そうだよな。おれは怖いものじゃない。大丈夫だぞ？」

鳩に言い聞かせるようにしづるが優しい声を出す。凄く嬉しそうなその横顔を見て、光洋は胸の辺りがギュ、と疼いた。

傷つきやすく、それでも懸命にこの世界に馴染もうとしているしづるを、もっと笑顔にしてあげたいと思う。

悲しい顔をさせたくないし、さっきのような絶望を味わわせたくもない。嫌な思いをさせて、この世界を嫌いになってほしくなかった。

しづるを島から連れ出したときには、西園の祖先がしづるたちにした仕打ちを償う気持ちがあったが、今はもうそんなことは関係なくなっていた。

もっといろいろなことを教えてあげたい。一緒にいろんなところへ行き、いろんな経験をし、一緒に笑っていたい。

護ってあげたい。もっと幸せを感じさせてあげたい。

自分にしかできないことだと思う。だってしづるはこんなにも光洋を頼りにしてくれる。案内人が光洋でよかったと言っていた。

自分もそう思う。

あの「鬼削りの石」に手を翳し、水を湧かせたのが自分でよかった。もし他の人が選ばれていたなら、今こうしていられることもなかったのだから。

そんなことを考えながらふと、しづるが本当のことを知ったらどうなるだろうという思いが過ぎる。

本当のことを知ったあとでも、こんなふうに、光洋に笑顔を向けてくれるだろうか。

「光洋、食べ終わった。ごみはごみ箱に捨てるんだろ?」

「そうだよ」

「次は何を食べようか」

「まだ食べるのか」

「食べるよ。桃の飴はあるかな」

「どうだろう。相変わらず桃が好きだな」

「好きだよ。食べ物はみんな好きだけど、桃は別格だ」

鳩は逃げることなく、しづるの足許でおこぼれをもらっている。

しづるは笑顔でそれを眺めながら、次に食べたいものを光洋にねだる。

ずっと笑顔でいてくれたらいい。

このまましづるがこの世界に慣れ、人間と共存して生きていけることを願い、必ずそうさせてやると、光洋は強く決意した。

「……大学を辞めようと思う」

光洋の言葉に、孝志が絶句した。

「漠然と大学に行ってても、特にやりたいこともないし、それなら就職して、早く自立をしたい」

九月も半ばを過ぎ、大学が始まっていた。光洋は自宅から大学に通いながら、しづるのところにも毎日通っている。孝志の道場の手伝いをするかたわら、新しくアルバイトも始めた。忙しいのは苦にならないし、しづるのためと思えば励みにもなった。だけど、圧倒的に時間が足りない。

将来しづるの部屋を借り、そこに自分も住むつもりでいた。一人暮らしをさせるのには、まだまだ不安が残るし、しづるも寂しがるだろうと思うからだ。

そのためにバイトを増やし、今から貯金を心掛けているのだが、思うように貯まらず、バイトを増やしたくても時間が限られているために、それも無理だった。それに、新しい生活は始めたしづるには、足りないものがたくさんあった。これから冬になればコートや暖房器具も必要になる。

「光洋、ちょっと待て」

孝志が慌てて光洋を止める。

しづると上野に出掛けてから、ずっと考えていたことだ。

卒業を待てば、あと一年半はしづるを孝志の元へ預けなければならない。そこから就職して、二人で住む部屋を借りるとなると、もっと時間が掛かってしまう。それなら大学に通う時間を仕事に当てて、金を貯めたい。

仕事はある程度安定しているところならどこでもいい。最初から出世欲というものは持っていなかったし、生き甲斐はそこではないからなんでもできる。

「光洋、いきなりどうしたんだ。大学を辞めてまで働く理由はないだろう。金銭的に逼迫しているわけでもないし、せっかく入った大学だぞ」

孝志が焦ったように説得してくるが、考えは変わらなかった。早く自立して、しづるとの生活を確立したいと思ったのだ。

しづるを島から連れ出したとき、光洋はなんの知恵も力も持たず、結局孝志に頼るしかなかった。孝志が受け容れてくれたから、なんとかこうしてしづるといられるが、そうでなかったらと思うと、自分の浅慮と実力のなさに情けなくなったのだ。

しづるを護っていこうとしている自分が、人を頼りにしてどうするのだと思う。働いて、稼いで、人として一人前になりたい。

「親には相談したのか？」

「いや、まだ。まずは孝志さんに話そうと思って」

親が反対するのは目に見えている。だけど必ず説得してみせると心に決めている。孝志に先に言ったのは、一番信頼を置いている人だからだ。できれば孝志には納得してもらい、応援してもらいたい。

「俺、いい加減な気持ちで言っているんじゃないんだ。ちゃんと考えて決心した」

「いや、いい加減だな」

光洋の決意に水を差すように孝志が言った。

「浅はかで愚かな行為だ。したいことがないから辞めるなんて、言い訳にもならない。それを見つけるために大学に行くんじゃないのか？　おまえのその考えは、単に逃げだ」

「違う、もっと大事なことがあるからなんだ」

孝志に逃げだと言われ、光洋は必死に否定する。だが、孝志は冷酷にも見える静かな眼差しで、光洋を見つめた。

「しづるだな。彼のせいで、そんなことを言い出したのか」

図星をつかれ、光洋は膝の上にあった拳を握った。

「彼はおまえのなんだ？」

答えないでいる光洋に、孝志が溜め息を吐く。

「前にも思ったが、おまえはしづるのことが絡むと、頭に血が上る。惹（ひ）かれているのは分かるし、批難はしないが、もう少し頭を冷やせ」

「そういうんじゃない……」

「いや、そうだ。それに、自立というものをはき違えているぞ。人に頼らないのが自立じゃない。手を借りながらでも、ちゃんと自分の足で立っていられることが大事なんだよ」

光洋のやり方は、他人の救いの手を振り払って、闇雲に先に進もうとするものだと、説教をもらった。

「重大な選択を迫られる機会はこれから何度もあるだろう。おまえにとってそれは今なのか？　残せる選択肢がまだあるのに、どうして全部捨てて一つだけを選ぼうとするんだ」

大事なものを手に入れるために、回り道をすることもあるのだと、孝志は言った。

「焦ることはない。しづるのことは、ちゃんと私も気をつけてやるから。確かに彼は社会に疎く、生きづらそうな部分がある。だからこそ、ここでしばらく暮らすのが最良だと、私は思うぞ」

事情を何も知らないまま、それでもしづるを受け容れてくれた孝志は、しづるが世間ずれしていることもちゃんと見ていて、その上で二人を見守ってくれていたのだ。

「目先のことだけに囚（とら）われるな。親や周りに心配を掛けてまでやることだとは思えない。考えた末の決意だというが、私から見れば、ただの子どもの癇癪（かんしゃく）だ」

厳しい声で冷静になれと諭され、光洋は頭から冷や水を浴びせられた気分になった。

焦るなという言葉に、確かに自分は焦っていると自覚させられた。孝志の言葉の一つ一つが、刃のように胸に刺さる。

時間が惜しいから大学を辞めたい。金が欲しいから働きたい。しづると一緒にいたいから部屋を借りたい。たいそうな言い訳をつけているが、結局光洋の言っていることは、こういうことなのだ。

自分でもどうかしていたと、孝志に説教され、少し目が覚めた。大事にしたいなら、闇雲に走るのではなく、ちゃんと足を止めて何が必要なのかを考えなければならないのだ。

「そんなにしづるのことが好きか」

孝志の声に、光洋は弾かれたように顔を上げた。

驚いている光洋の顔を見て、孝志が「なんだ。自覚がなかったのか?」と言って笑い、その言葉に光洋は愕然とする。

「自分を蔑ろにする人間は、人も幸せにできない」

光洋は無言で頭を下げ、立ち上がった。部屋を出て行く光洋に、孝志が「弁えて行動しろよ」と言った。

恥ずかしいと思った。

自分の気持ちすら分からないまま突撃した結果、大人に諭され、頭を撫でられ追い返された。

「なんだよ俺。……最高に恰好悪いじゃないか」

愕然としたまましづるの住む離れに向かった。

「光洋。話は済んだのか？」

部屋ではしづるが待っていた。大事な相談をしてくると言って、意気揚々と母屋へ出掛けていったのだ。

「どうした？　叱られたのか？」

茫然とつっ立っている光洋の顔を覗き込み、しづるが心配顔を作る。

「酷いことを言われたのか？」

しづるが両手で光洋の頬を挟んだ。

目の前にある綺麗な顔を見つめながら、孝志の言葉を思い出した。しづるのことが好きかと聞かれた。自覚がないのかとも。

「光洋、腹が痛いのか？　おれの桃缶分けてあげようか？　一切れならやるぞ？」

「……一切れだけなのか？」

頬を挟まれたまま光洋が言うと、しづるが考え込んだ。

「じゃあ、……半分こ。それでは不足か？　しかしおれも桃が好きだからな。桃は、……桃だけは、譲れないのじゃ」

真剣な顔でそう言われ、思わず笑みが零れた。光洋の笑顔を見たしづるも、顔を綻ばせる。

この笑顔が好きだ。いつでも笑っていてほしいと思っている。悲しい顔をさせたくないし、自分は絶対そんな思いをさせないと心に誓っていた。

知らなかったのかと自分に問う。知っていたという答えが聞こえた。

初めからそうだった。

光洋はこの美しい鬼に恋をしているのだ。

「腹は治ったか?」

「最初から痛くないよ。なんでもない」

「じゃあ、そんな顔をするな。笑っていろ」

頬に触れたまま、しづるが光洋を見つめている。

「おまえは笑顔でいるのがいいぞ。おれは光洋の笑った顔が好きだ」

そう言って、しづるが極上の笑みを浮かべた。

自分が望んでいたことと同じ言葉を、しづるが口にする。

「俺の笑った顔が好きか」

「うん。好きだ」

「どんなふうに?」

光洋の問いに、しづるが僅かに首を傾げた。

「どんなふうに……? 分からない。好きだから好きだ」

「そうか。俺もしづるの笑った顔が好きだよ」

しづるが笑った。

「一緒だな。どんなふうに好きか？」

同じ質問を返され、光洋も首を傾げた。

「分からないな」

「そうだろ？　光洋も分からないだろ？」

至近距離にしづるの顔がある。

「うん。でも凄く好きだ」

「おれも」

すごく好き。

しづるが言い終わる前に、唇が重なっていた。自分を好きだと言ってくれた唇が愛しくて、我慢ができなくなった。

光洋にキスをされたしづるは、一瞬見開いた瞳を次には和ませた。それからゆっくり瞼を閉じていく。

「ん、こうよ……」

しづるが名前を呼ぶ。この声も好きだ。美しい顔の造りも、無防備に甘えてくる仕草も、自分に向ける我が儘さえも、すべてが愛しいと思った。

唇が離れないまま、しづるの顔が僅かに傾く。応えるように光洋も顔を反対側に倒し、深く合わさる。しづるの唇は柔らかく、熱い。

噛むように唇を動かし、舌先でそっとあわいを撫でる。しづるの口が僅かに開き、中へと招かれる。

「……ふ、ん、ん……」

鼻から抜けるような声を出し、しづるが溜め息を吐く。息が甘い。桃の味がした。

差し入れた光洋の舌を、しづるが包んだ。熱くて甘いものに包まれ、心地好さにうっとりと目を閉じる。

頬に当たっていたしづるの掌が滑っていき、光洋の首に巻き付いた。引き寄せながら自らの身体を押しつけ、しづるが光洋を抱く。それに応え、光洋からもしづるの腰に腕を回し、強い力で抱き締めた。

「ん、……ぁ、あ、ん」

甘ったるい声でしづるが鳴いた。その声に煽られ、しづるの口内に深く侵入する。舌を啜り、歯列を撫で回す。動かすたびに甘い息を吐き、しづるが光洋の愛撫に応える。

「しづる……」

髪を撫で、反対側に顔を倒すと、しづるも同じように顔を傾けてきた。しづるの口の中はとても気持ちがよくて、いつまでも味わっていたいと思った。

長い時間口づけを交わし合った。どういう好きなのか、言葉では伝えられない。だけど光洋の好きと、しづるの好きが同じなのは、今交わされている口づけで、十分理解ができた。

「光洋……、もっと」

一旦離れた唇を惜しみ、しづるが欲しがるから、再び与えた。

「もっと」

応えるたびに、しづるがもっと、もっとと、駄々を捏ねるように要求してきた。光洋の首に巻かれていた腕は、今は光洋のTシャツの中に入り込んでいた。裾をたくし上げ、肌の上を這い回っている。

「しづる」

「光洋、もっと。……もっとくれ」

恍惚の表情を浮かべ、しづるが大きく口を開けた。光洋の唇に自分のそれを押しつけながら、しづるの腕が更に大胆に蠢く。

「しづる……」

しづるの身体から、壮絶な色香が立ち上っていた。

「光洋。もっと……欲しい。光洋……」

薄茶色の瞳が妖しく揺れ、光洋を誘ってくる。

しづるが床の上に腰を下ろした。光洋を見上げ、腕を伸ばしてくる。その腕を取り、誘われるまましづるの上に被さる。

頭を抱かれ、激しく貪られた。頭の芯がボウッとして、目の前に靄が掛かったようになっ

ていく。白い腕が、光洋のシャツの裾を引っ張った。そうしながら自分の服も脱いでいく。白い肌が露わになる。ゴクリと喉が鳴った。

再びしづるが光洋のシャツを引っ張り、光洋はその腕を摑んで、ゆっくりと引き離した。

「光洋……」

「しづる。やめよう。駄目だ」

先に仕掛けたのは自分のほうからだった。好きだと言われて理性の箍が外れ、思わずキスをした。しづるもそれに応えてくれ、夢中でお互いを味わった。先の行為を欲しがり、誘うしづるが愛しい。自分もしづるが欲しかった。

だけど勢いだけで突き進んではいけないと、頭の中で警鐘が鳴る。

ここは孝志の家の離れで、二人は孝志に面倒をみてもらっている身だ。ついさっきも説教をもらい、弁えて行動しろと釘を刺されたばかりだった。

「光洋。欲しい。してくれ」

このまま先に進んだら、自分は何もかも捨てて溺れきってしまいそうな恐怖がある。孝志の忠告を忘れ、家にも帰らず大学にも行かず、ずっとここでしづるとの行為に耽ってしまいそうだ。

それほど目の前にいるしづるの姿は、魅惑的だった。普段の無邪気さが完全に消え、妖しい色香で光洋を誘惑する。

「駄目だよ。しづる」

「なんで？　おれは光洋が欲しい。光洋だっておれが欲しいだろ？　おれには分かるぞ」

そう言って「なあ」と、光洋の腕を引いてくる。

「好きな者同士はまぐわうんだろ？　島では仲間たちがそうしていた。子も生まれて、仲良うしていた。おれもあんなふうにしたい」

熱に浮かされたようなしづるの顔を見ると、すぐにも理性が砕けそうになり、光洋は湧き上がる欲情を必死に抑えた。

「うん。俺もそうしたい。でも、今は駄目だ」

「なんで？」

「しづるが大事だからだ」

光洋がそう言うと、しづるは納得できない顔をしているものの、摑んでいた光洋の腕を離してくれた。

「分からないよ。大事だとまぐわったら駄目なのか？」

「そうじゃないけど」

「おれだって光洋が大事だぞ」

「うん。知ってる」

「光洋がいなかったら生きていけないくらい大事なんだからな」

「……凄いことを言うんだな」

「だって本当だもの」

目を怒らせて、しづるが睨んでくる。膨れっ面で文句を言うしづるがいつものしづるに戻っていたので、光洋はホッとした。さっきのような状態で誘惑され続けたら、負けてしまいそうだ。

「怒るな。桃缶食べるか？」

「誤魔化すなよ。桃缶は食べるけど」

性欲と食い意地を同時に満たそうとするしづるの貪欲さに笑い、光洋はしづるの機嫌を取るために、台所に向かった。


夜、居合の稽古が終わり、生徒たちが帰っていく。孝志は玄関まで生徒を見送りに行き、光洋は一人道場に残って片付けをしていた。

床にモップを掛け、稽古に使った道具の手入れをする。居合の稽古では、木刀や、居合刀と呼ばれる模造品の刀を使う。納刀のときに、刀を鞘(さや)にスムーズに入れるために、使ったあとは真剣と同じように刀油を塗る必要があるのだ。

油を染みこませた布で居合刀を拭き上げていると、しづるが顔を出した。光洋が一人でいるのを確認し、中に入ってくる。「手伝う」と、布を手に取った。

しづるとキスを交わしてから三日が経っていた。

「終わったら離れに来るだろ？」

「いや、帰る」

「昨日もすぐに帰ったじゃないか」

「うん。課題があるんだよ」

この三日間、光洋はなるべくしづると二人きりにならないように気をつけていた。しづるはそれが不満なのだ。

もともとスキンシップ過多なしづるだったが、あれ以来、人目も憚らず大胆な行動を取るようになっていた。腕を取り、それを自分の口元に持っていったり、キスを求めてきたりする。離れに行けば、光洋を押し倒し、過剰なスキンシップを仕掛けてきて、毎度激しい攻防戦が繰り広げられる羽目になる。

「少しでも来いよ。一緒にいたい。なあ」

しづるが光洋の手を握ってくる。膝をついたまま身体を寄せてきて、光洋に凭れてきた。

「離れなさい」

「嫌だ」

「道場だぞ。孝志さんが戻ってくる」

「じゃあ、離れに来い」

睨んでくる瞳が何かを訴えていて、怒っているのに、色っぽい。人が必死に自制心を保とうとしているのにと、恨みが募る。どうしてそんなに可愛らしいのだ。

しづるは感情に蓋をしない。欲望に忠実で、真っ直ぐに欲をぶつけてくる。そんな素直なしづるが可愛いが、時と場合を選ばないのが困る。

鬼は精力が強いとしづるが言った。仲間が複数生きていた頃は、一度火がつけば、何日にも亘ってまぐわっていたという話を聞き、恐怖した光洋だ。あの日、踏みとどまっておいてよかったと、心から思う。

しづるのことは好きだし、大切にしたい。だから今は、自分もしづるもしっかりと地に足をつけて、生活の基盤を作ることが大事なのだ。

「しづる。離れて」

「なんでだよ。触りたい」

他のことなら割合とすんなり受け容れるしづるなのに、このことに関しては強情で、少しでも触れていたいと、こうして隙を見ては光洋の身体に触ろうとする。

伸ばしてくる腕を取って引き離すと、しづるが口を尖らせた。

「光洋、つれなくなったな」

「そうじゃない。時と場所を考えて行動してほしいって言ってるの」

ていた。

　堂々巡りの攻防を繰り返しているうちに、なんだかじゃれ合っているような案配になって

　右手を取れば左手で触ろうとし、両方取れば顔を近づけてくる。

「だったら離れに来なよ」

　摑んだしづるの両手の爪が伸びている。

「だいぶ伸びているな。切らないといけないか」

「そうだよ。切ってくれよ。じゃあ離れに来るな？」

　光洋を離れに連れ込む理由ができたと、しづるが喜色満面の笑みを浮かべる。

「自分で切れるようにならないと」

「無理だ。おれにはできない。怖いから」

　絶対自分では切らないと言い張るしづるに負け、結局離れに行くことになってしまった。

「切ったらすぐに帰るから」

「嫌だよ。ゆっくりしていけよ」

「課題があるって言っただろ？　時間がないんだよ、本当に」

　一度は辞めると決意した大学を、孝志の説得で続けることにした。それならいっそ、より

条件のいい就職先を目指したい。結局自立への最短の道は、地道な努力ということだ。

「しづるも、俺がちゃんと卒業して、就職できるように強力してくれ。な？」

「協力はする。だけど光洋とも一緒にいたい」

「なるべく時間を作るから。でも、しづるも少しは我慢を覚えてくれ。それから人前でこういうことをするな」

「誰もいないじゃないか」

「いるの。孝志さんが来るんだよ」

　まだ何か文句を言いたそうなしづるを宥めていると、孝志が戻ってきた。居合道衣と袴(はかま)姿(すがた)の孝志は、相変わらず凛(りん)としている。

　至近距離で座っている二人を見て、何故(なぜ)か孝志は眉根を寄せた。

　孝志は光洋がしづるを好きだと知っている。気持ちを気づかせてくれたのも、彼の言葉がきっかけだ。しづるは男だが、それについては批難をしないとも言った。なのに今孝志の顔には、困惑の表情が浮かんでいる。

　ここ最近のしづるのあからさまな態度が原因だろうかと、光洋は慌ててしづるから離れるが、空気を読まないしづるが、離れた分だけ寄ってきた。

「片付けは終わったのか」

「あ、うん。もう少し」

　途中だった刀の手入れを再開すると、孝志が「話がある」と言った。

「終わったら母屋のほうへ来てくれないか」

「分かった」

孝志が道場から消え、光洋は片付けの続きを急いだ。

「光洋、母屋へ行くのか？　あとで離れにも来るだろ？」

「ああ、行くよ」

用事が済んだら必ず寄ると約束をして、しづるを離れに帰した。

片付けを終え、光洋は稽古着のまま、母屋へ向かう。

以前しづるを連れて訪ねてきたときと同じ、庭の見える客間に通された。孝志も着替えを済ませておらず、居合道衣のまま、光洋のためにお茶を淹れてくれる。

「俺がやるのに」

「いいんだよ。私が飲みたかったんだから。それに、自分の家だからな。私のほうが勝手が分かっている」

孝志がそう言って、淹れたてのお茶を座卓に置く。座卓は綺麗に拭き上げられており、部屋も整然としていた。床の間には日本刀が飾られている。花瓶に一輪挿し（いちりんざ）の花が生けてあった。

時々は母親がやってきて掃除をしてくれるらしいが、孝志は基本的に一人でこの広い屋敷を維持している。炊事もできるし、本人もいつも身綺麗だ。

ちゃんとした大人の見本のような人だと思う。小さい頃から光洋は彼を手本にしてきた。気の置けない兄のような存在であり、憧れの人でもある。しづるも彼の気は太くて強いと言っていた。光洋ももっと精進を重ね、孝志のように強くなりたいと思う。

座卓に向かい合わせに座り、しばらくは黙ってお茶を飲んだ。話とはなんだろうと、湯飲みを口に運びながら、ちらりと孝志の顔を窺う。

大学を辞めるという話は、あの次の日に撤回して謝った。だからその話ではないだろう。やっぱりここ最近の二人の態度のことか。さっきの道場でのあれも、孝志から見ればイチャついていたとしか見えないだろう。

「……彼は鬼か？」

ところが孝志の口から出たのは、まったく予想外の言葉だった。

「あのしづるという子は、鬼なんだな？」

孝志は真っ直ぐに光洋の顔を見つめている。

光洋は答えられずに座卓に目を落とした。動揺してしまい、言葉が出ない。

いつからバレていたんだろう。自分がいないときに、しづるが何か失態を犯したのだろうか。ここへやってきてから、しづるは随分人間らしくなっていたから、安心していた。孝志のしづるに対する態度も、不審がる素振りは何もなかったはずなのに。

「やはりそうか。半信半疑だったんだが……」

言葉を失っている光洋の態度が肯定の返事になってしまい、孝志が溜め息を吐いた。

「まさかこの世に本物の鬼がいたとはな」

自分の顔に手を当てて、ゆっくりと撫でながら、孝志が唸るように言った。光洋に確認を取りながらも、未だに信じられないという顔だ。

「どうして……、いつから……？」

動揺したままやっとそれだけを口にした。孝志が光洋を見つめ、痛ましいような表情を作るのが解せない。

「ここ数日のおまえの態度と、しづるの変容だ。彼の醸し出す空気は尋常ではない」

初めて会ったときから不思議な空気を纏っている男だと思っていたと、孝志は言った。そして光洋の入れ込みようもただ事ではないと思ったと。

「つかみ所のない、不思議な青年だが、悪い子ではないと思った。おまえは切羽詰まった顔をしていたし、私も絆されたこともある。おまえは弟みたいなものだからな」

しづるを必死に庇おうとする光洋と、その光洋に全幅の信頼を寄せているようなしづるの姿を見て、しばらくは側に置いて様子を見ようと思ったのだと言った。

「あの美貌だからな。おまえが惹かれているということは、すぐに分かった」

孝志には、親にも言えないことも話してきた。恋愛に関しても、告白されてどうしようとか、デートはどこに誘ったらいいかとか、他愛ないことを、なんでも話してきた。

光洋が今まで付き合った人はすべて女性で、今回相手が男だったことに驚きはしたが、しづるが不思議な魅力のある男だというのは、孝志にも理解できたので、温かく見守ろうと思っていたと言った。光洋が酷く傷つくようなことにならなければいいと、それだけを心配していたと。

「だが、おまえはどんどん彼にのめり込んでいき、終いには大学を辞めて働きたいとまで言い出した。……これは危ないと思った。このまま彼を側に置いておくと、悪い方向へ流れていきそうだとな」

「違う。あれは俺が一人で焦った結果だ。俺が勝手に決めたんだ。しづるは何も言っていないし、本当に関係ないんだ」

「西園の本家に連絡をして、鬼留乃でのおまえのことを聞いた」

勢い込む光洋を、孝志が淡々とした声で制する。

「『鬼鎮め』の儀式で、石に水が湧いたことを、当主に聞いた。私はそのことを聞かされていない。……何故言わなかった?」

孝志の声音は光洋を責めるものではなく、だけどその冷たい声に、光洋は再び言葉を失う。

「言えなかったのは、言えない事情があるからだろう。光洋、あれは鬼だな? おまえは『鬼住み島』に渡り、鬼を連れて帰ってきたんだな」

当主の話では、光洋は島に渡り、滞りなく「鬼鎮め」の儀式を終わらせて戻ってきたという。それからの五日間、本家に留まり、何事もなく過ごしていたとも。ただ、午後の時間、姿が見えなくなり、どこへ行っていたのかは知らないと言われたと。

「まさかとは思ったが、おまえたちを見ていると、そうとしか思えなくなった。それにここ数日のしづるは、ここへ来た当初とはまるで違う。控えめで、おまえの影に隠れるようにしていたのが、今では得体の知れない気を放っている。人ではあり得ないような強大な気だ。光洋」

俯いている光洋を孝志が呼び、恐る恐る顔を上げる。

「彼は鬼なんだな……？　おまえは鬼に惑わされ、島から出るように手引きをさせられたのか？　鬼に……取り憑かれているんじゃないのか？」

孝志の言葉に、光洋は目を見開き、即座に「違う」と言った。

「俺は取り憑かれてなんかいない。自分の意思でしづるを連れてきた」

光洋の否定に、孝志は疑うような眼差しを向けてくる。

「孝志さん、本当に違うんだ！」

絶叫に近い声を上げる光洋を見つめ、孝志が再び深い溜め息を吐く。

「私だってそう思いたい。しかし……」

孝志が言葉を切った。困惑と疑念を浮かべた表情のまま、首を振っている。

「おまえはやはり普段のおまえではない。しづるの影響だとすれば、考えなければならないだろう」

「考えるって何を？」

「おまえに何かあったら、親御さんに申し訳が立たない。心配なんだよ」

「……しづるをどうするつもり?」

光洋の問いに、孝志は険しい顔を作り、「分からない」と言った。

「だけどこのままにしておくわけにはいかないだろう。あれは鬼なんだぞ。……まずは西園の当主に真実を話し、どうするか相談するしかないだろう」

本家に連絡を入れたときは、しづるの正体について、まだ半信半疑だった孝志は、光洋がしづるを連れてきたことを伝えなかったらしい。だが、鬼と分かった今は、知らせる義務があると言った。

「鬼にまつわる話は、おまえと同様、私も子どもの頃から聞かされていたが……本当に鬼が存在するなんて、信じていなかった。だが、しづるは、……あれは私たちとは違う。鬼だ。この世に厄災をもたらす者なんだよ。おまえに危険が及ぶかもしれない」

「そんなことはあり得ないよ。絶対にない」

光洋の断言に、孝志は「分からないだろう」と、こちらも厳しい顔で制してくる。

「光洋、おまえも西園の人間なら、過去に鬼が人間にしてきたことを知っているだろう?過去に降りかかった厄災のすべてが鬼のせいだとは言わないが、彼らは里を襲い、人を殺した。それを西園の先祖が苦労してあの島に封印したんだ」

「違う! 孝志さん、違うんだ。鬼は人に厄災なんかもたらさない。鬼たちは、人間と共存したいとずっと望んでいた。人を襲ったり、殺したりなんかしていない。むしろ手助けをしてくれてたんだ」

光洋は、しづるに聞いた本当の話を孝志に話した。西園の繁栄は鬼たちによってもたらされたこと、鬼留乃に伝わる数々の伝承は、自分たちの都合のいいように歪曲されていたこと、「鬼鎮め」の儀式とは、そんな鬼たちを更に騙し、島に縛り付けるためのものだったことを、すべて話した。

「俺はしづるに聞いたんだ。しづるは嘘なんか吐かない。孝志さんだってしづるのことを知っているだろう？　悪い子じゃないって、今言ったじゃないか。その通りなんだよ。……嘘を吐いていたのは俺たち人間のほうだ。俺たちの先祖は、鬼を騙してあの島に連れていったんだよ。彼らは騙されたことも知らずに、ずっとあの島で迎えが来るのを待っていたんだ」

光洋の剣幕に、孝志が瞠目する。

「鬼は人に害なんかなさない。俺は島に渡って彼らが生活していた跡を見た。人間と同じように暮らしたいって、いつか里で人間と共存できるって、それを夢見て、千年もの間、あそこで暮らしてきたんだ。その生き残りがしづるなんだよ。しづるはたった一人で、あの島で俺の迎えを待っていたんだ」

「しかし、伝承では……」

「その伝承が全部嘘なんだって！」

光洋は身を乗り出し、訴えた。

「孝志さん。どうか信じて。当主に言うのは待ってほしい。俺は取り憑かれてなんかいない。自分の意思で行動したんだ」

鬼であるしづるがこの世界で平穏に暮らせるように、できれば協力してほしいと、深刻な顔で考え込んでいる孝志を説得しようとした。

「孝志さんは俺が変わったたって心配するけど、俺はしづるのお蔭で変われたんだと思っている。しづるは悪くない。だって、あんなに純粋で、一生懸命なんだ」

光洋の懸命の説得に、孝志はまだ信じられないという顔をしている。無理もないことだと思う。今まで聞かされていたことが、まったくの嘘だったということが、俄には信じられないのだろう。だけど孝志も実際にしづると接し、しづるの邪気のない姿をこの目で見ているのだ。

困惑の表情を浮かべたままの孝志が「じゃあ、鬼の角はどうなんだ？」と聞いてきた。

「鬼が本当に存在していたなら、蔵にある『鬼の角』も本物だろう。あれは鬼を退治した証拠じゃないのか」

「分かんないよ。けど、それもきっと嘘なんだと思う。しづるは、仲間が何度か頼まれて人間の手伝いをしたって言っていた。そのときに命を落とした鬼がいたって。その鬼から削り取ったんじゃないか？」

すべての手柄を自分のものにした西園の先祖だ。それぐらいのことをやったかもしれない。

「西園が、鬼を騙した？　私たちが聞いていたことは、すべて嘘だというのか……？」

孝志が呟いたそのとき、スッと首筋に冷気を感じ、光洋は振り返った。

縁側の先、庭にしづるが立っている。

大きな目を見開き、僅かに口が開いている。驚きの表情を浮かべたしづるが、こちらを見ていた。

「鬼を退治した？　今の話は……なんだ？」

小さく、低い声が、何故か耳元で聞こえた。

「騙しただと？　証拠とはなんのことだ」

迂闊（うかつ）だった。いつまでも離れにやってこない光洋を迎えに、しづるは母屋までやってきたのだ。

「光洋、今の話は本当なのか？　西園はおれたち鬼を騙して、あの島へ閉じ込めたのか」

「しづる……聞いてくれ」

いずれ真実を話さなければいけないと思っていた。

だけどしづるがどんな反応をするのかが怖くて言えずにいたのが、最悪の形で知らせることになってしまった。

「しづる。……ごめん。ちゃんと話そうと思っていた。俺は……」

「騙したのか……っ」

怒声と共にビィン……ッと、縁側の窓が震えた。光洋たちのいる客間に風が吹き荒れる。

「全部嘘だったと……、おれらが暮らした千年は、まがい物だったと、そう言うのか」

縁側で叫ぶしづるの声が、ダイレクトに頭の中に響いてきた。それはいつものしづるの声ではなかった。地鳴りのような低く鈍い音が、二重、三重に重なり、おんぉんと響き渡る。

「しづる……」

しづるは鋭い目つきでこちらを睨んでいた。目尻がみるみる吊り上がり、髪が逆立つ。縁側に立つしづるの様相が変わっていく。角が育ち、爪が伸びていた。わなわなと震わせている口元には、鋭い犬歯が生えている。

「人間が……！　おれらを騙したのか……っ」

筋肉が膨らみ、身体が一回り大きくなっていた。

風が大きく吹き荒れる。

怒りに支配された鬼は、本来の姿を取り戻し、光洋たちの前に現れた。

「仲間を殺したのか。手伝えと言うて里へ連れ出し、角を折ったのか。泣いて謝ったと言うたのも、嘘だったのか」

吠えるような声で、しづるが光洋たちを責め立てる。

「信じて待っていたのだぞ。西園はいいやつだと、あれの言うことを信じておれば、いずれ

里で皆と仲良う暮らせるのだと、ずっと信じて待って、待って、待って……みんな死んでしもうた……っ」

あ――――――っ！　と、しづるが天に向かって咆哮した。

叫び声を上げながら、しづるが涙を流している。

「しづる、ごめん。……ごめん」

酷いことをしてしまった。もう取り返しがつかない。どうやって謝ったらいいのか分からないまま、光洋はしづるに向かって手を伸ばした。

「光洋、危ない」

孝志に手を取られ、強い力で後ろに引かれた。光洋を庇うように前に出た孝志の手には、日本刀が握られている。それを見たしづるの目がますます吊り上がった。

「おれを斬るのか。前に仲間を殺したように、おまえもおれの角も折るのか」

「しづる、そうじゃない」

こちらに憎悪の眼差しを向けるしづるに、必死に違うと説得するが、しづるは鋭い爪をこちらに向け構えを取った。

それを見た孝志が、刀を鞘から抜き去る。

「孝志さんもやめてくれ！」

縁側に立つしづるに向けて刀を構える孝志にも訴えるが、二人はお互いを睨み合ったまま間合いを計っている。

「っ……、二人ともやめろ！」

対峙する二人の間に割って入ろうとするが、すぐさま孝志に「下がっていろ！」と怒鳴られた。

「怪我をするぞ。最悪命を奪われるかもしれない」

「しづるはそんなことをしないよ！」

孝志が庭へ出ていくのを追いかけ、光洋は彼の前に飛び出した。

「光洋。下がれ！」

「やめてくれ。しづるも話を聞いてくれ」

孝志が光洋の腕を取り、退けようとするのに抵抗しながら、光洋はしづるに向かって声を上げた。

「今の話が出鱈目だというなら、話を聞いてやる」

だが、しづるはそう言って、孝志を睨むことをやめない。

「光洋。答えてくれ。おまえが今言っていたことは、嘘か？　おまえの先祖は鬼を騙してなぞおらず、あの島に一時期匿っただけで、おれたちを人間の里で住まうよう尽力してくれたのか」

しづるが光洋を見る。

「鬼と人間とで、仲良う暮らそうと言っていたのは、嘘ではなかったのか？　鬼を騙してはいなかったのか」

尋ねる声音が震えていた。今の話は出鱈目だと、それこそが嘘であってほしいと、光洋の言葉を待っている。

しづるのそんな思いを知りながら、だけど光洋は、もう嘘を吐くことはできなかった。

「……本当だ。俺たちの祖先は、鬼を……騙した」
ヒ、と喉が鳴る音を聞いた。目を見開いたまま、しづるの形相がみるみる崩れていく。次の瞬間、辺りに吹き荒れていた風が止んだ。
「……しづる」

光洋を見つめる瞳には涙が溢れ、頬を伝い、ボタボタと地面に落ちた。恐ろしい鬼の姿に変容したしづるが、その姿のまま泣いている。

「しづる。どうか許してくれ。簡単に許せるものじゃないと思う。だけど俺は……」

光洋が言い終わらないうちに、しづるが背を向けた。

「しづる……！」

拒絶の背中を光洋に向け、庭から出ていこうとする。

「待って、しづる。どこへ行く」

「ここにはいたくない」

追おうとする光洋にしづるはそう言って、庭をあとにする。

「待て。しづる。外へ出て何をするつもりだ」

孝志の問いにも答えず、しづるが歩いて行ってしまう。

「待て！　行かせないぞ」

孝志が叫び、しづるに斬りかかった。しづるの背後に一気に詰め寄り、上段から刀を振り下ろす。しかししづるは振り向きざまに右手を振り上げ、孝志をなぎ払った。

「……がっ！」

孝志の身体が宙に浮いた。ドサリという音と共に地面に叩き付けられる。

「孝志さん！」

急いで駆け寄り、孝志を抱き起こした。落ちたときに打ったらしく、額から血が流れている。

「こんな弱い者のために……おれの仲間たちは……」

居合の師範の免状を持つ孝志でさえ、たったの一撃でこの有様だ。やはり鬼と人間とでは、持つ力の次元が違うことを、はっきりと示された。

しづるはそんな二人を見下ろし、バキバキと指を鳴らした。

「よくもおれを斬ろうとしたな。……騙されたまま死んでいった仲間の苦しみを、おまえも思い知れ」

拳を握るしづるの右腕に血管が浮き上がる。憎悪に満ちた形相で、しづるがその腕を振り上げた。

「しづる……！」

光洋は地面に落ちていた刀を握り、しづるに向けた。このままでは孝志が殺されてしまうと思った咄嗟の行動だった。刃を向けられたしづるの顔が歪む。「……おまえもおれを殺そうとするのか」と、絞り出すような声が聞こえた。

「違う。しづる……」

「島から出しておいて、おれを葬ろうとするのかっ」

しづるが怒りを爆発させ、再び鋭い爪を振り下ろそうとする。

「違う！　駄目だ、しづる。人を傷つけちゃ駄目だ」

「おまえだっておれを殺そうとしている。その男も同じだった。俺に斬りかかり、殺そうとした」

「違う。孝志さんは引き留めようとしたんだ。俺や、外にいる人たちを守ろうとしただけだ」

「嘘だ」

光洋の言葉を信じず、しづるが怒鳴り声を上げる。嘘だ、嘘だと叫びながら、地団駄を踏んだ。

「……返せ。時間を返せ！　おれたちを閉じ込めていた時間を返せ！」

足を踏み鳴らしながら、しづるが慟哭する。

「みんな死んだ。おまえは里に行けたらいいなって、おれにそう言って死んでいった。おれは、仲間の墓を守りながら、きっと行けるって、仲間の夢を叶えるって……、ずっと待ってたんだ」

嗚咽を漏らし、しづるが一人きりでいた間の島での時間を語る。

「寂しくても、誰もいなくても、いつか里で人間と暮らせるって、それだけを夢見て、おれはあそこで待っていたんだ。次に来る案内人が連れて行ってくれるって、そう言った。だから信じて待って、待って、待って、待って……最後に一人になったとき、……本当はおれも死にたかった。寂しかった。一人は寂しかったんだ……っ！」

島でたった一人取り残された恐怖。仲間の墓を守り、残された村の残骸で、迎えを待つ生活。希望は百五十年前の約束。そして死んでいった仲間たちの夢。それだけを頼りに、一人で生きてきた。

それが全部が嘘だった。死んでいった仲間をどうやって慰めればいいのかと、しづるが滂沱する。

血を吐くようなしづるの叫びに、いつしか光洋も涙を流していた。想像もできないような長い時間の中、しずるがたった一つの拠り所としていたものを、光洋は奪い、絶望を与えてしまったのだ。

「……ごめん、しづる。本当にごめん。謝って済むことじゃないけど、それしかできないのが、苦しいよ。俺は、おまえを島から連れ出さなきゃよかったのかもしれない」

何も知らないでいられたら、そのほうが幸せだったのかもしれない。

「でも、俺は、しづるを連れていきたかったんだ。ずっと一人でいたしづるを、もうあそこに残しておきたくなかったんだよ」

真実を知られるのが恐ろしかった。そしてそのときが今訪れて、懺悔(ざんげ)の気持ちでいっぱいだった。どんなに謝っても謝り足りない。しづるが望むなら、殺されても仕方がないとまで思う。

だけどこうなってしまった今でも、やはりしづるをあの島に残しておけばよかったとは、どうしても思えないのだ。

「しづる。ごめんな。俺たちのしたこと、許せないよな。どうしたらいいんだろう」

しづるの怒りや悲しみは、光洋がどう慮(おもんぱか)ったところで、到底及ばない。それほど深い絶望を、光洋は経験したことがない。だけど形貌が変わってしまうほど嘆き悲しむしづるの姿に、身体から血が噴き出すような痛みを感じ、涙が止まらない。

「ごめんな……しづる。本当にごめん」

「……光洋」

泣いて謝る光洋を、しづるも泣きながら見つめている。身体を跳ねさせながらしゃくり上げ、最後には「うぅわあぁ――ん」と、幼児のような泣き声を上げた。

「……光洋、……光洋、光洋……っ」

しづるが光洋の名を呼びながら近づいてきた。顔をくしゃくしゃにして、涙を流しながら両腕を伸ばしてくる。

「しづる。ごめんな」

持っていた刀を地面に突き刺し、光洋のほうからも腕を伸ばし、飛び込んでくるしづるを受け止めようとした。

「危ない、光洋……っ」

倒れていた孝志が叫び、地面に刺した刀の柄を摑んだ。膝をついたままの状態で、しづるめがけてそれを突き出す。

止める間もない孝志の攻撃だったが、しづるはそれを軽々と躱し、一足で数メートルもの距離を飛んだ。

泣き顔だったしづるの顔が一瞬にして鬼の形相に変化する。次にはもの凄い速さでこちらに向かってきた。剣のようになった爪を振り上げ、孝志めがけて振り下ろす。

「しづる！　駄目だ……っ」

叫ぶと同時に、光洋は自分の身体を投げ出した。孝志の前に飛び出し、両手を広げて彼を庇う。ドン、という衝撃が身体に響いた。目の前に血飛沫が上がる。

しづるの驚いた顔がすぐ前に見える。

同時に自分の名を呼ぶ孝志の声を聞いた。

しづる、ごめんな。

――光洋。

名を呼ばれた気がして、光洋は重い瞼を開けた。目の前に、ぼんやりとしづるの顔が見える。

声が音にならず、光洋はそれだけで疲れてしまい、無理やり上げていた瞼が閉じていく。

何度も名を呼ばれ、そのたびに目を開け、しづるに謝った。

本当に悪かった。いつか言わなければならないと、ずっと思っていた。だけど、知らなくて済むならそれでもいいんじゃないかなんて、そんな狡いことも考えていた。

真実を知られたら、しづるに恨まれ、嫌われてしまうんじゃないかと怖かった。

あの笑顔を、もう二度と自分に向けてくれないかと思ったら、どうしても言い出せなかったんだ。

「光洋、光洋……」

しづるがまた光洋の名を呼んでいる。ここはどこだろう。孝志さんの家なのか。あれから自分は気を失い、運ばれたのか。

身体が熱い。指先をほんの少し動かしただけでも、ズクズクとした痛みが全身を襲う。肩から胸に掛けての痛みが特に激しかった。意識は長く保っていられず、すぐに睡魔に引き摺り込まれる。

「光洋、痛いか？　……ごめんな」

しづるの謝る声が聞こえ、謝るのはこっちだと言おうとした。喉がカラカラで、上手く声が出せない。

左腕に何かが触れる感触がする。ああ、しづるがまた俺の腕で遊んでいるのかと思った。自分が贈った組紐を、いつも確かめるように弄っていた。

手首にしづるの爪が当たる。そういえばここ最近切っていなかったから、随分伸びてしまっただろう。起きたら切ってやらないと。放っておいたら、また庭の梅の木で研いでしまう。しづるは人間と一緒に暮らすのだから、ちゃんと爪は切らないといけない。爪であんなふうに人を傷つけてはいけないんだ。

しづるは優しい鬼なのだから。

孝志さんだって、しづるを殺そうとしたんじゃない。駆け寄ってきたしづるが、俺を襲ったと勘違いして、守ろうとしたんだよ。

違うんだよな。しづるは俺に助けを求めて、走ってきたんだよな。

怖い思いをさせてすまなかった。俺も驚いたけど、しづるも怖かったよな。

「光洋、おれが治してやるからな。絶対治してやるからな」

しづるが光洋の手を擦(さす)っている。看病をしてくれているみたいだ。

こういうときに、桃缶って食べるんじゃないだろうか。桃缶を全部食わせてくれと言ったら、しづるはなんて言うだろうか。桃だけは特別だと言って、いつか半分分けるのも渋っていた。あのときのしづるが可愛かった。そんなことを思い出したら可笑(おか)しくなり、クックッと笑いを漏らしたら、腹が引きつり、痛みに顔が歪む。……馬鹿だ。

「光洋、もうすぐ良くなるからな。光洋、ごめんな」

ああ、またしづるが謝っている。謝る必要なんかないんだよ。

あんなに傷つけたのに、それでも心配をしてくれるのか。

ごめんな。本当にごめん。

起きたらもう一度ちゃんと謝るから。

「光洋……」

自分を呼ぶ声に、声にならない返事をしながら、光洋は眠りと覚醒(かくせい)を繰り返した。


何度目かの覚醒のとき、ふと、身体が楽になっていることに気がついた。

燃えるようだった熱さが消え、身体中を苛(さいな)んでいた痛みもない。全身はまだ重く、上手く動かせない。だけど目を開けて視線を動かしても、あの引き摺り込まれるような睡魔は襲ってこなかった。
「良くなってきている……？」
酷いしわがれ声だが、ちゃんと声も出た。
「……気がついたか」
声のするほうに視線を向けると、孝志の顔があった。こちらを覗き込み、「よかった」と、
安心したように溜め息を吐いている。
「まる二日、意識が戻らなかった」
「そうか」
寝たり起きたりしていた間の時間の感覚がない。あれから一週間ほども経ったような気が
するし、つい数時間前だったような気もした。
「しづるがずっと看病をしてくれた。鬼の爪は、鬼にしか治せないと言ってな」
病院へ運ぼうとした孝志を、しづるが絶対に治してみせるからと止めたのだそうだ。
光洋がしづるの爪にやられ、倒れると、しづるは取り乱して光洋に縋り、泣き叫んだとい
う。それはもう身も世もない嘆きようで、孝志はそんなしづるの姿を見て、光洋が言ってい
たことが真実だったのだと理解したのだと言った。
だから孝志はしづるの言葉を信じ、光洋をしづるに託した。両親にもこのことは告げてい
ないと。そして目を覚ました光洋を見つめ、「本当に気がついてよかった」と呟く目が潤ん

でいた。

「しづるが俺を助けてくれたんだ」

傷を受けて朦朧としている間、ずっとしづるが側にいて、励ましてくれていたことは覚えている。何度も謝られ、自分のほうこそ悪かったと、夢の中で謝っていたのだ。

「それで、しづるは？」

「今、離れのほうで休んでいる。……だいぶ消耗していたからな」

「そうか」

丸二日間、ずっと側にいてくれたことが嬉しく、自分を心配してくれていたことに安堵した。深く傷つけられたのに、しづるは懸命に光洋を看護してくれたのだ。

「しづるはどんな様子だった？　……もう怒っていなかったか？」

目を覚ました光洋を見たら、喜んでくれるだろうか。怪我をする直前、しづるは光洋の元へ駆け寄ろうとしていた。

しづるがやってきたら、あのときの続きのように抱き締め、そしてちゃんと謝りたい。

孝志は光洋の問いに答えず、どういうわけか視線を落とした。きつく眉根を寄せ、苦悶の表情を作っている。

「孝志さん？」

怪我を治すことと、しづるの怒りは別だということなのだろうか。

「しづるはまだ怒っているのか？」

見舞ってもらっている間じゅう、意識が朦朧としていたため、しづるがどんな態度だったのか、よく覚えていない。何度も謝られ、懸命に励まされたことだけは覚えている。

光洋の問い掛けに、孝志は相変わらず苦しそうな顔をして、光洋の顔を見つめていた。

「……傷を治すには、しづるの精気を送り込まなければならないと言っていた」

重苦しい声で、孝志がしづるの看病の様子を語る。

「鬼の爪は鋭く、一撃で牛を殺せるほどの強さを持つらしい。それを人間のおまえに食らわせたのだ。生半可な治療では助けられないと言ってな」

傷の痛みと熱に耐えていたとき、しづるは光洋の腕を取っていた。必ず治すからと言って、ずっと手を擦ってくれていた。あれは光洋に自分の精気を送り込んでいたのか。

「それで、しづるは……？」

孝志の固い表情に嫌な予感がして、光洋は大きな声を出した。

「しづるは？　ただ疲れて寝ているだけなんだろ？　なあ、孝志さん」

強い口調で詰問しても、孝志は答えない。光洋は業を煮やし、自分で確かめに行こうと起き上がろうとした。

身体が鉛のように重く、自分の身体なのに上手く動かせない。だけど、あれほど激しかった傷の痛みはなく、確かに自分は回復していると思った。

なんとか起き上がろうと、布団の上で自分の身体と格闘する。仰向けの状態からうつ伏せに移るのにも、もの凄い体力が要った。両腕を床に着き、渾身（こんしん）の力で押し上げる。

「光洋、無理をするな。まだ全快しているわけじゃない」

「孝志さん、手を貸して、俺をしづるのところへ連れていって」

横にいる孝志の足を摑み、よじ登るようにして身体を起こした。制止しようとする孝志に手を貸してくれと懇願する。

「しづるのところへ、離れに連れていって。お願いだ。孝志さん、お願い……！」

光洋の鬼気迫る勢いに押され、孝志が漸（ようや）く手伝ってくれた。肩を貸してもらい、しづるのところへ向かう。

母屋から出て、しづるの離れまで孝志に助けられながら歩いて行った。母屋の玄関で借りたサンダルは、数歩歩いたところで脱げてしまった。足が重くて持ち上がらないのだ。履き直すのは諦めて、裸足のまま離れまで歩く。支えてくれている孝志は、何も言わなかった。

離れに辿り着くまで、長い時間を要した。孝志がドアを開けてくれ、なだれ込むようにして部屋の中に入る。

「しづる……？」

部屋に布団が敷かれてある。それはぺったんこで、初めは誰も寝ていないと思った。だけどよく見ると、布団の中に何かが横たわっている。

布団から出ているものが、枯れ枝に見えた。カサカサになった細い棒が、しづるの腕だと認識するまで時間を要した。

「しづる？　……しづる、……っ、しづる、どうしたんだ。何があったんだ？」

横たわっているものがしづるとは思えない。光洋とそう変わらなかった身丈が三分の二ぐらいに縮んでいる。白い肌が茶色に変色していた。髪の量だけが変わらず、そのせいで小さくなった顔が髪の中に埋まっているようだ。

「おまえに精気を注ぎ続けた結果、自分の身が抜け殻のようになってしまったらしい」

しづるの変わり果てた姿に驚いている光洋に、孝志が言った。

「しづるは自分の命を削って、おまえを助けようとしたんだよ」

よろよろと覚束(おぼつか)ない足取りで、しづるの側まで行く。光洋が呼びかけても、しづるは目を開けず、コトリとも動かない。

しづるの頭にあった二本の角がなくなっていた。鬼でいられなくなるまで、しづるは自分の精気を光洋に送り込んだのだ。

「しづる、……しづる。目を開けてくれ。俺は助かったよ。しづるのお蔭だ。なあ、しづる、起きろよ、……っ、しづる……！」

どれだけ呼びかけてもしづるが応えることはなく、小さく細くなってしまった身体を横たえたまま、眠り続けていた。

　翌日も、翌々日も、光洋は離れでしづるの容態を見守っていた。

身体はすっかり元通りになり、肩から胸まであった傷も、日に日に薄れていく。

鬼の爪がつけた傷は鬼にしか治せないとしづるが言っていたように、光洋が負った傷は通常のものではなく、治癒の仕方も独特なようだ。

　一方のしづるのほうは、未だに目を覚まさず、ずっと布団に横たわったままだ。

しづるの治療方法が分からず、光洋は途方に暮れていた。医師に診(み)せるわけにもいかず、人間の薬を与えてもいいのか、それさえも分からない。

　救いなのは、しづるが苦しそうでないことだ。ガーゼに水を含ませ、唇に当ててやると、弱い力でガーゼを吸い、喉を上下させて、健気に喉を潤そうとしている。

「しづる。元気になってくれよ」

　しづるが満足するまでガーゼを当てて水を飲ませ、それから温かいタオルで身体を拭いてやった。枯れ枝のような腕は、力を込めたらポッキリ折れそうで、軽くなってしまったその腕を擦りながら、光洋の目から涙が溢れた。

「しづる……ごめんな」

しづるを島から連れ出してしまったことを、初めて後悔した。

自分が連れ出さなければ、今しづるはこんな目に遭っていなかった。人間の裏切りを知ることもなく、血を吐くような絶望を味わわなくても済んだのだ。

「おまえを島から連れ出さなきゃよかったな。そうすれば、こんな……本当、ごめんな」

泣きながら謝り続ける光洋の腕を、しづるが摑んだ。ハッとして顔を覗くと、しづるは目を開けないまま、僅かに唇を動かしていた。息が漏れる音がしている。

「しづる……！　しづる」

呼びかけながら、しづるの唇に耳を寄せる。息だけの声で、しづるが「違う」と言った。

「何が違う？」

弱々しい力で光洋の手を握り、ゆっくりと「来てよかった」と、しづるが言った。

島から出られてよかった。

光洋につれてきてもらえてよかった。

「しづる」

光洋の手を握りながら、しづるの唇が笑んだ。

「……も、かん」

「ん？　なんだ？　しづる」

しづるの唇を用心深く見つめると、それが「ももかん」と動いているのが分かった。

「桃缶が食べたいのか？」

ふう、と息を吐きながら、ほんの僅かしづるが頷く。

「分かった。待ってろ」

光洋は急いで台所に立ち、桃の缶詰を開けた。取り出した果実をスプーンで細かく潰し、皿に盛ってしづるのところへ戻っていった。

「桃缶、持ってきたぞ。ほら」

スプーンの先にほんの少し載せ、しづるの口元へ持っていく。しづるの口は数ミリしか開かず、その中にそっと滑り込ませた。

小指の先よりももっと小さい量の桃の果肉を、しづるがゆっくりと咀嚼（そしゃく）する。コクン、と喉が動き、それから満足そうに溜め息を吐いた。

もう一度スプーンの上に載せ、しづるの口へ運んでやるが、一口含んだだけで、体力に限界がきたのか、しづるが口を開けなくなった。

「……元気になったら、二缶でも三缶でも、食べような」

髪を撫でてやりながら話しかける光洋の声は、もう聞こえていないようだった。

たったこれだけの量を食べるのに精一杯のしづるを見て、光洋の目に、また涙が溢れた。

弱音を吐いた光洋を励まそうとして、しづるは無理をしたんじゃないか。窪（くぼ）んでしまった目元を眺めながら、光洋はしづるの頭を撫でてやる。

「なんでそんなに優しいんだよ」

こんな状態になっても、しづるは光洋を気遣ったのだ。

失ってしまった精気を取り戻すには、どうしたらいいんだろう。できることなら、自分に与えられたそれをしづるに返してあげたいと強く思った。

光洋は、自分の左腕に巻かれた組紐を解き、しづるの腕に巻いてやる。これを贈られたとき、しづるは自分の精気を入れたと言っていた。僅かでもしづるに送れないかと思ったのだ。紐が巻かれたしづるの腕を取り、いつもしづるがしていたように指先で紐を撫でる。しづるは光洋に腕を預けたまま、静かに目を閉じていた。

再び眠ってしまったしづるの側でずっと見守っていると、孝志が顔を出した。

孝志は光洋が傷を負って以来、光洋としづるの両方を、献身的に介抱してくれている。光洋を庇うために、一度はしづるに刀を向けたが、その後はしづるを信じ、光洋の治療をしづるに託した。そして今も、しづるの側を離れない光洋のために、食事を運んでくれたり、光洋の両親に連絡を取り、面倒が起きないように配慮をしてくれたり、いろいろと助けてくれている。

「どうだ？　しづるの様子は」

光洋の隣にやってきた孝志が、眠っているしづるの顔を覗く。

「……うん。相変わらず。さっき桃缶食べたいって言って、食べさせたんだけど、ほんのちょっと舐めたぐらいで、また寝てしまった」

「そうか」

孝志はしづるがこうなってしまった元の原因が自分にあると、責任を感じている。光洋が孝志を庇い怪我を負ったのも、そもそも自分がしづるを攻撃しようとしたからだと言って、光洋に謝った。

それに関しては、仕方がなかったのだと思っている。鬼留乃の伝承をずっと聞かされてきた孝志は、鬼が悪い者だとずっと信じ込まされてきたのだ。自分の理解が及ばないものに、恐れを抱く(いだく)のは当たり前だからだ。それに孝志は、光洋を守ろうとしてあのような行動に出たのだ。お互いを庇おうとした結果、こうなってしまった。

「……昔の話で思い出したことがあるんだがな」

しづるを見舞いながら、孝志が唐突に言った。

「私も子どもの頃から鬼留乃に頻繁に行き、鬼と西園の祖先の伝承を、耳にタコができるほと聞かされてきた。おまえと同じだ」

「うん。西園の人はみんなそうだと思うよ」

「私が『鬼鎮め』の儀式に参加したときは、今の当主が跡を引き継いで間もない頃だった。だから私は、今の当主よりも先代と接する機会のほうが多かった。それこそ子どもの頃、私に話して聞かせたのは、先代だったからな」

今の当主が跡目を継いだのは、光洋が四歳のときだったから、十五歳年上の孝志は十九歳だったことになる。鬼留乃を訪れるのは、光洋と同じように子どもの頃のほうが頻繁だったから、先代の当主との交流のほうが多かったのは当然だろう。

「鬼の伝承の話の中に、『鬼の角』のこともあっただろう？　あのとき、先代は『鬼の角は万病に効く万能薬でもある』と言っていたんだ」

知っていたか？　と聞かれ、光洋は覚えがない話だと、首を横に振った。

「私も一度ぐらいかな。伝承といっても、丸暗記して語ることではないからな、先代も雑談をしていて不意に思い出したような感じだった」

長い期間を掛けて引き継がれているあいだに、取りこぼした話もたくさんあるのだろうとは、光洋も思う。

孝志の記憶では、あの角には病を治す力があるといわれていて、だが、薬は毒ともなり、強い副作用が生じるため、ある者は病が治り、ある者は別の症状に陥り、命を落とすこともあったという。一か八かの賭けになるため、いつしか封印された。だからあれを舐めたりしたらいけないよと、教えられたと言った。

「鬼の角など触りたくないし、ましてや口に入れるなんてするわけがないと、子供心に思ったものだ」

そのときは確か宴席で、先代はほろ酔いの状態だった。孝志も年の近しい親類と遊ぶのに夢中だったため、真剣に聞くこともなく、今の今まで忘れていたのだという。

「人には毒でも、鬼には効くんじゃないか？」

しづるの角は、今ほとんどなくなっている。光洋に精気を与えてしまったため、鬼の象徴である角が消失してしまったのだ。そういえば、仲間はもっと大きくて鋭い角が生えていたと言っていた。初代の十郎左などはもっと立派な角があり、鬼としての力も強かったと、しづるは自分の小さい角を触っていた。

「……俺、鬼留乃に行ってくる。『鬼の角』を貸してもらってくる」

「貸してくれと言って、貸してくれるとは思えないが」

「そこは、……ちょっとの間、黙って借りてくる」

「どうやって。蔵には鍵が掛かっているぞ？　見つかったら騒ぎになる」

孝志の心配に、光洋はニヤリと笑った。

「蔵の鍵の番号、俺、覚えているんだ」

子どもの頃、宝探しと称して蔵に忍び込んだことがある。ダイヤル式の南京錠（なんきんじょう）の番号をメモ書きして置いてあった紙を従兄（いとこ）が見つけ、だから入ってみようということになったのだった。

あのときどうやって開けたと問われ、更に叱られることを恐れた光洋たちは、適当にダイヤルを回したら開いたと言って、番号を知っていたことを言わなかったのだ。

小さい従弟が恐慌を来して泣き叫んでいたため、深く追及されることなく、光洋たちは軽く説教をされただけで済んだ。他の従弟たちは番号のことは知らずに、ただついてきただけだった。このことは光洋と従兄だけの秘密になっている。

「この前『鬼鎮め』の儀式であそこに滞在したとき、蔵の鍵は昔のままだった。俺たちが忍び込んだあとも、鍵を換えなかったんだな。屋敷周りのセキュリティは厳しいけど、中に入れば問題ない」

光洋の話に、孝志が呆れたような顔をした。「悪ガキだな」と言って笑い、だけどやめておけとは言わなかった。

光洋は布団で目を閉じているしづるの手を取った。

「行ってくるからね。必ず『鬼の角』を持って帰る」

握られたしづるの左手には、しづるが作った光洋の組紐が結ばれていた。

鬼の角を取ってくることを決めた日の翌々日、一ヶ月半前と同じ新幹線に再び乗り込み、光洋は鬼留乃を目指した。

鬼留乃の当主の元には、孝志が事前に連絡をしてくれて、屋敷に滞在する許可をもらっている。

鬼留乃に行く名目としては、孝志のお使いを頼まれたということになっている。居合を通じて親交のある人物にある祝い事があり、孝志に代わって祝いの品を届ける役目を言付かった。その人の住まいは鬼留乃に近い場所にあるため、用事を済ませたあと、西園の屋敷に泊めてやってほしいということだ。

かなり無理やりな理由ではあるが、ここ数年疎遠だった光洋が、「鬼鎮め」の儀式から日を置かずに再び鬼留乃を訪ねるとあって、当主は快く迎え入れると言っていたそうだ。

鬼留乃に向かう前に、光洋はしづるのいる離れを訪れた。しづるは相変わらず小さくなった身体のまま、静かに目を閉じていた。

一昨日は自分から桃缶を食べたいと言ってくれたしづるだが、あれから再び口を開くことはなかった。湿らせたガーゼから水分を取ろうとする力も弱くなり、日に日に消耗していくようだ。

「絶対助けるから。待っててな、しづる」

眠っているしづるに約束して、あとのことは孝志に託し、光洋は鬼留乃に向かった。

西園の当主の屋敷に着いたのは夕方だった。お手伝いさんが出迎えてくれ、以前泊まったのと同じ部屋に案内してくれる。

当主はその日、町の会合に出席していて留守だった。夜には戻ってくるから夕食を一緒に取るようにとのことだった。

蔵に行くのは深夜にしようと思っていたが、もしかしたら今がチャンスかもしれないと思い、光洋は部屋に荷物を置くと、すぐに外へ出た。

庭には人気がなく、庭師もいなかった。屋敷のほうでも家人の留守の間に休憩しているようで、立ち働く人の姿もない。

逸る気持ちを抑え、わざとのんびりとした足取りで歩いていき、目的の蔵に辿り着いた。蔵は敷地の奥のほうにあるので、ここまで来れば人に会うことはない。逆をいえばそういう場所だから、もし誰かに見咎められたら言い逃れをするのも困難になる。

光洋は息を潜ませ、人の気配がないことを確かめてから、蔵の扉の前に立った。

ダイヤル式の南京錠は、前回来たときと変わっていない。そっと手に取り、数字の記された四連のリングを順番に回していった。

心臓がバクバク鳴る。手に汗をかいていた。落ち着け、落ち着けと自分に言い聞かせながら、一連ずつ数字を合わせていく。

カチリと音がして、鍵が開く。大きく息を吐き、光洋は扉を開け、蔵の中に足を踏み入れた。

鬼の角のある場所は前回見ていたので分かっている。中は真っ暗で、光洋は携帯を取り出し、中を照らしながら目指す場所へ足を進めた。

目的のものは、以前と同じ場所に置いてあった。箱を取り出し、蓋を開けると、三角の突起物が綿の中に収まっている。それを手に取り、持ってきたタオルハンカチに丁寧に包み、ポケットに仕舞った。

再び携帯の光を頼りに出口に行き、蔵の扉を閉める。鍵を掛け終わったところで、ドッと汗が噴き出した。

「しづるが元気になったら、返しにきますから」

光洋は蔵に向かってそう言うと、再び散歩のような足取りを心掛けながら、部屋に戻った。

目的の物を手に入れることができ、光洋は心底安堵した。この角がしづるを救ってくれるという確信のようなものがある。きっとこれでしづるは良くなる。

本当なら、今すぐ新幹線に飛び乗って東京へ帰りたいと思ったが、当主に会わずに帰るなど、そんな失礼なことは当然できず、孝志の顔を潰すわけにもいかないと思い、予定通り、明日の朝一番の新幹線で帰ることにした。

部屋で待機していると、当主が帰ってきた。

一緒に夕飯を取り、晩酌の相手をする。進路の話と、居合の話を聞かれるまま答えた。また遊びに来なさいと言われ、そうしますと約束した。しづるが回復したら、鬼の角を返しにくるから、たぶん近いうちにきっと来るだろうと思った。

もししづるが承知したら、いつか鬼留乃に連れてこようかと考える。彼にとっては自分たちを裏切った憎しみの募る場所だが、同時にしづるの仲間の鬼たちが生きてきた場所でもあるのだ。

彼らの開いた山の道や、彼らが変えた川の流れ、歪曲された伝承の、本当のことを知っているのは、今はもうしづるしかいない。

何年か後でもいい。もし、しづるが許せると思う日が訪れることがあれば、鬼たちがここにいて、生きていた証（あかし）をしづるに見せてあげたいと思った。


翌朝、東京に帰る準備をしていた光洋は、屋敷の裏にある社祠に行ってみようかと思い立った。

部屋を出ると、住み込みのお手伝いさんが既に朝食の準備をしていた。挨拶をして、散歩に行ってくると言い置いて、外に出る。

蔵に忍び込んだときとは違い、後ろ暗いことが何もないと、こんなに自然に振る舞えるのかと、昨日の挙動不審だった自分を思い出し、苦笑いをした。

子どもの頃ならともかく、二十歳も過ぎてから、本家の当主の家に嘘を吐いて泊まり込み、蔵に忍び込むような真似をした。そんな大胆なことをしている自分に愕然とする。

しづるに出会ってから、光洋は随分変わったと思う。

光洋は自分のことを、バランスの良い人間だと思っていた。大人には可愛がられ、友人も多く、今まで激しい軋轢（あつれき）も、大きな挫折も味わったことがない。社会に出ればそれなりに苦労し、もちろん挫折も味わうだろうが、なんとなく乗り越えていくんだろうと、漠然と考えていた。

それは、分不相応な望みも持たず、乗り越えられないようなハードルも作らないからだ。自分が人にどのように評価されているのかを知っていて、そのように振る舞う。孝志が言ったように、光洋は「弁える」ということを、自然と身に着け、大きく道を踏み外すこともなく生活してきたのだ。

それが、しづると出会ってからはメチャクチャだった。島から鬼を連れ出し、大学を辞めると言って孝志を驚かせ、今も屋敷の蔵に忍び込み、鬼の角を盗むような真似までやってのけた。

だけど後悔は何一つしていない。

鬼の角をしづるに与え、しづるが元気になって、そうしたら、これから先も、光洋はもっと変わっていくだろう。

「相手は鬼なんだからな。常識は通じない」

鬼に振り回されながらも、楽しく暮らしている自分の将来を夢想した。

そのためには、しづるを救わなければならない。

新たな決意をしながら屋敷の裏に回り、儀式の行われた社祠に辿りついた。今日も道は綺麗に掃き清められていた。

お社の脇にある「鬼削りの石」の前に立ち、何の気なしに手を翳してみる。

「あ……、水が湧いている」

舟形の石の真ん中からぷくぷくと水が湧き出てきた。それを見た瞬間、何故かこれをしづるに飲ませなければという考えが閃く。

「待ってて、消えるなよ」

光洋は石に向かってそう言って、急いで部屋にとって返した。昨日飲んで空になったまま鞄に入れていたペットボトルを取り出すと、それを持ってもう一度「鬼削りの石」のところへ走って戻る。

水はまだ消えていなかった。

光洋はペットボトルを石の窪みの部分に沈め、水で満たした。

鬼の角と一緒にこの水を与えれば、しづるはきっと回復する。

「待ってろよ。必ず治してやるからな」

しづるが回復したら、最初に桃缶を食べさせてあげようと、光洋はきっちり蓋をしたペットボトルを抱え、もと来た道を戻っていった。

東京駅からしづるの元へ駆けつけた。

離れの部屋に入ると、しづるは光洋が鬼留乃に出掛ける前と同じように、布団の上でひっそりと寝ていた。

光洋は西園の屋敷から持ってきた「鬼の角」をナイフで削り、孝志に用意してもらった乳鉢でそれを丹念にすり潰す。

「しづる。『鬼の角』だ。これを呑んで」

布団に横たわっているしづるの身体を抱き起こし、自分の身体で支えながら、スプーンで掬（すく）った角の粉を口元へ持っていく。

光洋に支えられているしづるの身体は、今にも消えてしまいそうなほど軽く、そのあまりの儚（はかな）さに胸が詰まり、光洋の目に涙が滲（にじ）んだ。

「呑んでくれよ。きっと良くなるから。頑張れ、しづる」

光洋の胸にくったりと寄りかかっているしづるを励まし、閉じている唇を苦心して開けさせ、そっとスプーンを差し込んだ。

しづるの眉根が寄り、僅かに首を振って拒絶するのを、「頑張れ」と何度も励まし、再びスプーンを唇に当てる。

「しづる。元気になれ。また桃缶食べような？　それから外へも遊びに行こう。今度は鳥がいっぱいいるところへ連れてってやる」

回復したら一緒にいろんなところへ行こうと、しづるに語り掛ける。

「旅行にも出掛けよう。美味しいもんたくさん食べて、いろんな乗り物に乗って、いろんな場所を見て回ろう。しづるが見たことない景色がたくさんあるんだぞ」

粉の載ったスプーンを唇にそっと当てながら、しづるが喜びそうなことを話してやった。

「いつか、鬼留乃にも行けたらいいなって思っているんだ」

頑なに閉じていたしづるの唇が、薄らと開いた。むせないように慎重にスプーンを差し込み、それから水を飲ませてやる。

「『鬼削りの石』から湧いた水だ。手を翳したら湧いて出たんだ。きっと鬼の仲間たちが、しづるのために力を貸してくれたんだよ」

コクリと喉を鳴らして、しづるが粉と水を嚥下した。

「ああ、呑めたな。偉いぞ。もう一度だ。頑張れ」

二口、三口と、呑んでいくうちに、しづるの頬にほんのりと赤みがさしてくる。

「……効いているんだ。しづる、頑張れ、ほらもう一口。そう。上手いぞ」

乳鉢に入っている分の「鬼の角」の粉をすべて呑み終わるまで、光洋はしづるを励ましながら、辛抱強く与え続けた。

呑んでいくうちに、枯れ枝のようだったしづるの腕に血が巡っていき、弾力が出てきた。光洋に寄りかかっている身体にも、重みが増してくる。

「……光洋」

五口目を口にしたとき、しづるが声を出した。ずっと閉じたままだった瞳が開き、光洋を見上げている。

薄茶色の瞳が光洋を捉え、嬉しそうに細められた。光洋も微笑(ほほえ)み返しながら、自然と涙が溢れてくる。

しづるを抱いている腕が震え、抑えようと思うのに止まらない。口からは情けない声が漏れ出てきて、光洋はしゃくり上げながら泣いていた。

「光洋、泣くな。……ごめんな。怪我させてごめんな。痛かっただろ？」

光洋のために命を削り、自分のほうが消えてなくなりそうだったのに、しづるが光洋の涙を見て謝ってくる。違う、そうじゃないと言いたいのに、嗚咽のほうが先に口から漏れて、上手いように喋れない。

「ごめんな。痛いのは治ったか？」

まだ力の入らない腕を懸命に上げ、しづるが光洋の頬を撫でてきた。その細い腕を掴み、光洋は涙を零しながら、うん、うん、と何度も頷いた。

「……しづるが、し、死んじゃうかと思っ……っ、う、ぅう、……どうしよ……、うって、怖か……っ」

しづるがいなくなってしまったらどうしようと、自分のせいで死んでしまったら、どうやって償えばいいのかと、鬼留乃に行っている間も、戻ったら既にいなくなっていたらと思い、

ずっと恐怖していたのだ。

嗚咽が収まらない光洋の頬を、しづるが撫でている。

「しづる、……ごめんな。嘘吐いてて。本当のことをずっと黙ってて、本当、ごめん……」

途切れ途切れになりながら、光洋は精一杯謝った。自分のしたこと、孝志のしたこと、西園の先祖たちがしたことすべてを、しづると、しづるの仲間だった鬼たちに謝りたい。

光洋の謝罪の言葉を、しづるは黙って聞いてくれた。そして、「大丈夫だ。もう怒ってない」と言って、光洋に向けて笑いかけてくれるのだ。

「おれも、光洋に怪我させた。おれに胸を裂かれて倒れたのを見たとき、俺も怖かった」

しづるが目を和ませ、「おれもごめんな」と謝る。

光洋と孝志との会話を盗み聞き、目の前が真っ赤になり、何も分からなくなったと、しづるは言った。

「怪我させるつもりはなかったんだ。本当だよ」

「分かってる」

「許してくれるか？」

自分が一番傷ついただろうに、しづるはそう言って、不安そうに光洋の目を覗いた。

「もちろんだよ。あんな話を聞いたら、ああなって当たり前だ。俺のほうこそ許してほしい」

お互いに謝罪し、お互いを許し合う。

しづるは、ずっと真実を言えないでいた光洋の気持ちが分かったと言った。

「おれに、いつか言おう、いつ言おうかってずっと思ってたって言うただろ？　あのとき、光洋が泣いたのを見て、ああ、光洋はずっと苦しかったんだなって、分かったんだ」

何も悪くないと、そう言ってしづるが光洋に向けて笑ってくれる。

「鬼の角」と「鬼削りの石」から汲んできた水は、しづるの身体に絶大な効果をもたらしたようで、光洋に凭れているしづるの姿が、みるみる変わっていった。

三分の二ぐらいまで縮んでいた身体が元に戻り、腕も足もふくよかさを取り戻した。だけど角だけはどういうわけか生えてこない。

「時間が経ったらまた生えてくるかな」

突起のなくなった豊かな髪の毛を撫でながら光洋が言うと、しづるもそこに手をやりながら、「どうだろうな」と言った。

「随分消耗してしもうたから、もう戻らんかもしれん。俺は死んでもいいと思って、全部を光洋に与えたから。こんなふうに生き返ったことのほうが不思議だ」

屈託なくそんなことを言うので、「死んでもいいなんて言うなよ」と、しづるをきつく叱った。

「せっかく島から出てきたんだろう？　これから人間の社会でいろんな経験をしていくのに、そんなことを言うなよ」

光洋に叱られたしづるが、「うん。死にたくない」とあっさりと言う。

「光洋が生き返ったのだから、おれは生きたい。光洋がいないのなら、死んでも構わないと思っただけだ」

あっけらかんとした口調でしづるが言って、「おまえがいないのなら生きていけないと言うただろ？」と、極上の笑みを浮かべた。

「そうだ、光洋。あれが食べたい」

そしてすっかり元気を取り戻し、さっそく我が儘を言ってくる。

「分かってる。桃缶だろ？ 今持ってきてやる」

察しのいい光洋の返事に、しづるは嬉しそうに顔を綻ばせ、「今日は二缶食べたい」と、頼もしいことを言った。

しづるのために用意していた桃缶は、戸棚いっぱいに入っている。

二缶分の桃を皿に移して持っていくと、しづるが「きゃー」と悲鳴を上げて喜んだ。

「久し振りだ。嬉しい」

「今日は踊らないのか？」

「踊れるが、まずは桃缶を食べてからにする」

そう言っていそいそとフォークに刺した桃を口いっぱいに頬張り、「んー」と、得も言われぬ顔をして、しづるが笑った。

嬉しそうに食べている様子を、光洋も笑顔で見つめていたら、不意にフォークをこちらに向け「食べろ」と、一切れ差し出してきた。

「いいのか？　いっぱい食べたいんだろ？」

「うん。いっぱい食べたい。だけど光洋にも食べさせたい。桃はいっとう美味しいからな。一緒に食べると、もっと美味くなるだろ？」

そう言ってしづるが「ほら」と再びフォークを差し出し、光洋は口を開けてそれを迎えた。シロップに漬かっている柔らかい果実は、口の中で解けて溶ける。

「美味いだろ？」と、しづるが自分の手柄のように自慢しながら光洋を見つめる。

そして自分の口にも一切れ入れ、「んー」と頬を押さえたしづるは、それからもう一切れをまた光洋に差し出して、「美味いよな」と言って、笑うのだった。


「じゃあ、行ってくるから。家のことは頼んだよ」

そう言って玄関を出る孝志を、光洋はしづると一緒に見送った。

孝志は、所属している居合協会の会合に参加するために出掛けるところだ。その会合は、毎年協会のある地方が持ち回りで主催する。今回は東北で開かれる予定で、日程は三日間だ。その間の留守番を、光洋は頼まれている。

普通なら特に留守番など必要ないのだが、しづるが寂しいだろうからという配慮だった。光洋の親にも連絡をしてくれている。

しづるが目を覚ましてから一ヶ月あまりが経っていた。その間、光洋は自宅と大学としづるの離れを往復し、忙しい毎日を送っていた。

光洋に自分の精気をすべて送り込んでしまったしづるは、今はもうすっかり元気になり、枯れ木のようだった身体も元に戻った。ただ、角だけは生えてこず、そのせいなのか、以前は感じることのなかった疲れを訴えるようになったり、睡眠時間が長くなったりしていた。

要するに、より人間に近い存在になっているということだ。命は助かったが、代わりに鬼の力をだいぶ失ってしまったのだ。

これが一時的なものなのか、それともずっとこのままなのか、しづる自身もよく分からないという。

そんなしづるを心配する光洋だったが、しづる本人は却ってこのことを喜んでいるようだ。人間に近ければ近いほど、この世界での共存が容易くなる。

「なあ、離れに来るだろ？　今日は泊まっていくのだろう？」

孝志の姿が見えなくなった途端、しづるが光洋の腕に自分の腕を絡めてきた。こちらを見上げる瞳が期待で輝いている。

しづるが復調してからも、二人は深い関係は持っていない。居候させてもらっているという引け目もあったし、以前しづるに聞いた鬼の性欲についての話に怖じ気づいているということもある。

「道場も孝志さんがいない間は休みだし、三日間は二人きりでいられるんだろ？」

「そうだけど。でも、泊まるだけだからな」

光洋の言葉に、しづるが大きく目を見開く。

「なんで？」

普段一緒にいるときにでも、壮絶な色気でもって無意識に光洋を誘ってくるしづるだ。一度囚われてしまったら、自分のほうが抜け出せなくなるのではないか。それは非常に困る。

「孝志さんがいないからといって、勝手をするわけにはいかないよ。孝志さんは俺たちを信用して、留守を頼んだんだから」

「でも、二人きりだ。誰も見ていない」

「そういう問題じゃない」

夏休みの途中から、孝志の家に入り浸りのようになった光洋を、両親が不思議に思っている。そしてしづるに真実を知られた夜からは、自分が怪我をしたり、そのあとしづるの看病のために泊まり込んだり、鬼留乃に出掛けたりして、外泊が続いてしまった。

成人したといっても学生の身だ。孝志という後ろ盾があるから親も信用してくれている。これ幸いと、自由奔放に振る舞うことはできなかった。

両親にもいずれ話さなければならなくなるときがくるだろう。どういう説明をするのか、まだ決めかねているが、それまでに信用を失うようなことは決してできない。

この先ずっとしづると一緒にいたいと思っているのだから。

「光洋がおれとまぐわうのが嫌だというなら、添い寝するだけでもいい」

自制だ我慢だと心の中で唱えている光洋に、突然そんなことを言うので驚いてしづるを見る。

「嫌だなんて、そんなことを思うはずないだろ？」

「だって、光洋はおれを欲しがらない。おれはこんなに欲しいのに」

上目遣いでこちらを見上げてこられて、苦笑が漏れる。なんでこんなに可愛いんだ。

「そんなことはないよ」

「本当か？」

しづるが光洋の腕を取った。手首にはしづるが贈ってくれた組紐が結ばれていた。

孝志の留守を守る間。光洋としづるとで道場の床を磨き、道具の手入れや、稽古着の洗濯などをして過ごした。昼食は近くのスーパーに買い出しに行き、料理もした。お握りを握ってみたいというので、ご飯を炊いて、二人で握った。光洋も料理が得意というわけではないので、出来上がったお握りの歪(いびつ)さは、しづるとどっこいどっこいだった。デザートはもちろん桃缶だった。

それからしづるの提案で、母屋の庭の手入れをした。

孝志は家事全般をそつなくこなすが、庭にまでは気が回らないらしく、以前住んでいた人が残した庭木の周りには雑草が蔓延り、枯れかけている木もあった。

しづるは雑草を抜き、枯葉を丁寧に取り除いて綺麗にしてやっていた。これはなんの木だと聞かれ、答えられなかったので、携帯で検索し、育て方を調べたりもした。

夜になり、昼と同じように二人で夕飯を作って食べ、それから母屋の風呂を借りる。

ここへ来た当初は、光洋が一緒に風呂に入り、洗ってやっていたが、夏休みが終わった頃から、しづるは一人でも入れるようになっていた。久し振りに二人で湯船に浸かり、髪を洗ってやった。角の生えていない頭に触れるのが、不思議な感じがする。しづるは気持ちよさそうに目を閉じて、光洋にシャンプーをされていた。

夜が更けて、母屋から布団を運び込み、しづると並んで布団に入った。

しづるは初めてここに来たときと同じようにはしゃいで、光洋の布団に潜り込み、手首の組紐を弄んでいる。

「初めてここで寝た夜な」

光洋の腕で遊びながら、しづるが話し始めた。

「凄く楽しかったんだ。父ちゃんと母ちゃんと一緒に寝たのは、ずっと、ずうっと前だったろ？　だから、懐かしくて、面白くて、楽しかったんだ」

あの日、寝ようと促す光洋に、しづるは寝ないと頑張り、一晩中ゴソゴソと蠢いていた。鬼は寝ないものなのかと単純に思っていたが、そうではなかった。しづるは、おそらく何百年か振りの独り寝ではない夜が嬉しくて、寝られなかったのだ。

「ここで一人で寝ていても、一人じゃない。母屋には孝志さんがいるし、外にはもっと人がいる」

百年の孤独な夜を、どんな思いで過ごしてきたのか。しづるは光洋の手を握りながら、「今もうんと楽しい」と言って、本当に嬉しそうな笑顔を浮かべるのだ。

光洋はしづるの肩を引き寄せ、自分の布団に招き入れた。懐に抱き、髪を撫でる。

背丈は同じぐらいなのに、華奢な身体はとても小さく感じた。しづるは光洋の胸の中で、猫のように丸まっている。ぴったりと身体をくっつけ、全身で人肌に触れようとしているようだ。光洋の心臓の音を確かめるように掌を胸につけ、じっとしている。

大事にしようと思った。

真実を知ってしまった夜、しづるは死にたかったと言った。本当は寂しかったと絶叫しながら泣いていた。

もう二度と、あんな思いをさせたくない。

しづるの柔らかい髪を撫で上げ、露わになったおでこにキスをする。しづるが顔を上げ、光洋の頬にキスを返した。そのお返しに、瞼にキスをする。しづるも首を伸ばしてきて、光洋の目元に唇を押しつけた。

笑いながらキスの応酬を繰り返す。何度目かのお返しのあと、しづるが唇にキスをしてきた。ちゅ、と音を立てて吸い付いたあと、窺うように光洋の顔を覗いてくる。頬にお返しをしようとしたら、しづるが顔を傾けて、唇で受け取った。そしてまた光洋の目を覗く。

胸に当てられていたしづるの腕が伸び、首に回された。引き寄せられ、再びしづるの唇が近づいてくる。

「ん……」

舌先が触れ合う。今日もしづるの中は、桃の味がした。一度重なってしまった唇は、すぐに深い口づけに変わっていく。

首に回されたしづるの腕が、逃がさないというようにきつく絡みついてくる。

「あ、……ぁ、ふ、光洋、ん、んぅ、ん」

甘い声を発しながら、しづるが光洋の上に被さってきた。懸命に求めてくるしづるのキスを受け取りながら、もう逃げようという気がなくなっていた。理性だとか自制心だとか、理論武装していた光洋の思考を、しづるが力業でなぎ倒しにかかる。

「光洋……」

しづるが自分を呼ぶ。応える代わりにしづるの口内に深く侵入した。

「……あ、ふ」

光洋からの口づけに、しづるが嬉しそうに目を細めた。

自分を貪っているしづるの美しい顔を眺めながら、初めから逃げるつもりなんかなかったのだと気づかされていた。孝志を送り出したとき、きっとこうなるだろうという予感が確かにあったのだ。二人きりの夜を、しづると同様、自分も待ち望んでいた。

「ぁん、……光洋、んんん、ぅ……、はぁ……あ」

だってこんなに綺麗で可愛らしい。

無心に唇を味わっていたしづるが身体を起こした。光洋の身体に跨がったたまま、着ていたものを脱いでいく。首からシャツを抜く間も、光洋を見下ろしたまま、視線を外さない。妖しく強い眼差しを注ぎ続ける。

「光洋も脱いで」

そう言いながら、しづるが光洋のシャツをもの凄い力で引っ張り、強引に奪っていった。

お互いに全裸になると、しづるが倒れてきた。再び唇を重ねながら、しづるの手が光洋の肌の上を這い回る。光洋のほうからも腕を回し、しづるの背中を抱いた。指先で背骨を辿ると、「ぁ……ん」と、しづるがか細い声を上げ、背中を反らせた。ここが好きなのかと、しづるが感じる場所を何度も撫で上げた。白い身体が光洋の上で踊るように蠢く。美しく、妖艶な動きに、もっと感じてほしいと思った。

しづるを上に乗せたまま、光洋も身体を起こした。背中の愛撫をやめないまま、目の前にある胸の突起に吸い付いた。しづるが今までになく高い声を上げ、光洋の唇に自分の胸を押しつけながら身体をくねらせる。

可愛らしい声をもっと聞きたくて、胸芽を転がし、強く吸った。光洋が望んだとおりに、しづるが甘い声を発してくれた。

「んんぅ、……は、ぁ、あ……あ、っ、ん」

胸先を指で摘まむと、「んっ」と小さく叫び、眉根を寄せた。指の腹で上下に擦れば、いいやと首を振りながら、耐えるような表情をするのが可愛らしい。

光洋の上に跨がっているしづるの下半身が育っている。先端を濡らしながら刺激を求めて光洋の腹に押しつけてきた。快感に素直で貪欲な様がやはり可愛いと思う。背中を撫でていた腕を滑らせ、それを掌に包んだ。

「っ、……あぁあ、んっ、んんぅ、ふ、あぁあ、ああ」

一際大きな声を放ち、しづるが仰け反った。後ろに倒れていきながら、膝が開いていく。

「しづる、……乗って。俺に摑まって」

光洋の上から落っこちそうになっている身体を支え、胡座をかいた上にしづるを乗せ直した。両腕を取り、自分の首に誘導する。体勢が安定したのを確かめてから、もう一度しづるの劣情を包み込み、ゆっくりと上下させた。

「あっ、あっ、光洋、ああ、光洋……」

鋭い声を上げ、しづるがすぐにも高まっていく。光洋の手の動きに合わせ、腰を突き出してきた。手の中のものがしとどに濡れていく。

しづるの表情を眺めながら上下する手の動きを速めていった。甲高い声を上げながら、追い込まれたしづるの腰が細かく震えだした。

「あああ、ああ、……っ、ああ、光洋、光洋……、光洋……っ」

光洋の名を呼びながら、しづるが駆け上がっていく。膝を限界まで開き、光洋にすべてを預けて快楽に浸っていた。

「ああ、光洋、……光洋……ああ、っ、んんんあ、あ――」

絶叫と共にしづるの身体が大きく撓った。同時に光洋の手の中にあった劣情が爆発する。精を飛び散らせながらしづるが果てた。大きく息を吐き、身体を揺らし続けている。

ゆっくりと余韻に浸っているしづるの肌を撫でながら、その手を背後に移動させ、たったいましづるの精を受け取った濡れたままの指を、後蕾に忍び込ませた。光洋の意図に気づいたしづるの目が大きく開かれる。

目を逸らさないまま、更に指を侵入させていった。ツプリと中指を蕾の奥まで差し入れる。

「っ、……あ――っ」

しづるが再び叫び声を上げ、天井を仰ぐ。粘膜が光洋の指を締め付けてきて、押し広げるようにゆっくりと出し入れさせた。

指を動かすたびにしづるが鳴き、だけど少しずつ中が柔らかくなっていく。

「痛いか？」

光洋の問いに、しづるがふるふると首を横に振った。それを見届け、もう一本指を増やしてみる。「あっ」と叫んだあと、しづるが大きく息を吐き、受け容れてくれた。

首に腕を回したまま、しづるが身体を預けながら、尻を高く上げた。出し入れされる動きに合わせ、腰を揺らし始める。

嫌らしく身体を蠢かせ、淫靡に踊る姿が壮絶に色っぽい。

「光洋の……凄くなってる」

身体を揺らしながら視線を落としたしづるが、光洋の雄芯を見つめ、笑った。膨張した光洋のそれが、しづるに見つめられ、意思とは別にヒクヒクと震えていた。

「……可愛いな」

しづるの言葉に、そうか？　と目で問うた。そんな感想はもらったことがないが、しづるは笑って「だって凄く可愛い」と言い、唇を寄せてきた。

光洋にキスをしながら、可愛い、可愛い、と何度も言う。

「光洋、……可愛い」

そう言いながら、しづるが光洋の指から逃れ、跨がってきた。片方の手で光洋の劣情を握り、自分の蕾に誘導している。見つめ合い、キスを交わした。

「っ、ん……」

先端を宛がい、ゆっくりと腰を下ろしていく。呑み込まれる感触に、光洋の口からも声が上がった。

しづるの中は狭くて、とても熱い。

「ああ、……しづる」

包まれ、締め付けられる心地好さに溜め息を吐くと、しづるが薄らと笑い、「気持ちよさそうだ」と言った。

「おれも気持ちがいい。光洋、……可愛い」

しづるがまたそう言って、身体を揺らし始める。深く、浅く、呑み込んでは締め付け、媚肉で擦られる。

「く、っ、ぅ、……あ、あ……」

締め付けられながら擦られる気持ちよさに、すぐにも持っていかれそうになり、喉を詰めて堪えるが、そんな余裕を与えまいとするように、しづるが更に締め付けてきた。

「ん、く……、しづる、ぅあ、あ……」

もったいない。まだ終わりたくないと、しづるの腰を摑んで動きを止めようとしたが、しづるはやめてくれなかった。

「あ、あっ、待っ……、あ、ぅ、……ああ、しづる、ああぁ」

声が抑えられず、喘いでいる光洋を見つめ、ますます大胆に腰を回し、追い詰めてくる。

「ああ、ああ……、は、……はっ……、しづる、ああっ」

自制は利かず、いつしか光洋は激しく腰を突き上げていた。みっともないくらいに声が迸り、止めようと思っても止まらない。

「ああ、……はあ、はっ、は、ぁ、ああ……」

目の前がチカチカした。指に力が籠もり、しづるの腰を強く摑んで揺さぶっている。自分の声に混じり、しづるの声も聞こえていた。ああ、俺だけじゃないのか、しづるも喜んでいるのかと安心したら、もう制御が利かなくなった。

「ああ、しづる、っ、しづる……ああ、あああ、く、はぁ、は、は……あぁああ」

最後には絶叫に近い声を上げ、光洋はとうとう頂に駆け上った。

目の前が眩しくなり、果てる瞬間にその光が爆発するように霧散した。

快感は長く続き、光洋は身体を揺らしながら心地好い浮遊感に身を任せていた。目の前ではしづるも同じように揺れていた。綺麗な顔が満足そうに緩んでいて、その幸せそうな表情に、自分も同じ気持ちになる。

この幸福がずっと続けばいい。しづるにも同じ気持ちをずっと味わっていてほしい。

「しづる……」

呼ばれたしづるがゆっくりと倒れてきた。二人で揺れながら、何度もキスをした。

何度目かのキスのあと、しづるが突然「桃」と言った。

「光洋、桃の味がする。おれに黙って桃缶食べたな」

「……食べてないよ」

「嘘だ。だって桃の味がする」

それはおまえだと思いながら、身体を揺らしたまま光洋を責めるしづるの顔を眺め、幸せだと、もう一度思った。

※※※

地下鉄を降りたら雨が上がっていた。光洋は持っていた傘を差すことなく、駅から出てすぐのところにある交差点の前に立った。

ここ数日は暖かい日が続いていて、街を行く人々の服装にも、半袖姿がちらほらと見える。もうすぐ夏がやってくる。

光洋は大学を無事に卒業し、就職をして二年目になる。家電や生活用品などのパーソナル商品を製造、販売する会社で、光洋はそこで営業として働いていた。職場にもなんとか慣れ、最近では一人での営業を任されるようになっていた。

信号が青に変わり、道路を渡る。そこから更に路地を曲がったところに、しづるが働いている生花店があった。

普段は光洋のほうが帰りの遅いことが多いのだが、今日は早く上がれたので、しづるに連絡を取り、一緒に買い物をすることにしたのだ。

光洋の仕事は土日が休みで、しづるは平日が休みだ。二人で外出する機会がなく、今日のように光洋が早く上がれる日などは、待ち合わせて一緒に帰る。外で食事をすることもあるが、家で作ることのほうが多い。

二人で住み始めて一年と少しで、まだまだ新婚気分の二人だから、一緒に食事を作り、そのまま部屋でまったりするのが楽しいのだ。

しづるは花を育てるのが上手で、孝志の家に居候していたときにも、枯れかけた庭木を生き返らせたり、小花だった花を大輪に育て上げたりしていた。もう何年も蕾もつけずに葉ばかりが育っていた草木も、しづるが世話をしたら、次の季節には幾つもの花を咲かせたのだ。

一気に華やかになった庭に、光洋と孝志は感心するばかりだったが、しづるに言わせると、植物の声を聞いてあげれば、簡単に元気になるのだそうだ。植わっているスペースが狭ければ植え替えをしてやり、肥料が欲しければ与えてやる。しづるはそんな草花たちの声を聞いてあげるのがとても上手なのだった。

そして孝志の紹介で、今の生花店でアルバイトとして働かせてもらえることになった。

鉢植えはもちろん、切り花の扱いも上手いしづるは、新しい働き先で、とても可愛がられていた。しづるが働き出してから、客が増えたと店長に言われたと、ホクホクした顔で報告してきた。

最近ではフラワーアレンジメントにも挑戦しているらしく、時々アパートに持って帰ってくる。２ＬＤＫの男所帯の部屋は、しづるが作った花束でいっぱいだ。

牛を飼う野望を諦めたしづるだが、今は広い庭のある一軒家に住むことが、目下の野望だ。

生花店の前まで行くと、たくさんの客が花を選んでいた。店の性質上女性客が多いのは当然だが、それにしても雨上がりの夕方、しかも大通りに面した店でもないのに、人だかりができるほどの盛況ぶりだ。

女性客に囲まれた中心に、しづるの姿があった。客のリクエストを聞きながら、にこやかに対応している。

大勢の女性たちの華やかな雰囲気に圧倒され、少し離れたところから店の様子を眺めていると、光洋の前を二人組の女子高生が小走りで通り過ぎていった。しづるの店を指しながら、「ほら、あそこ。めっちゃ凄いイケメンがいるんだって！」という会話が聞こえた。女性客の軍団に、新たに女子高生が加わる。

「なるほど。繁昌するわけだ」

めっちゃ凄いイケメンのしづるは、始終笑顔で客の対応をしていた。花を扱う手つきも丁寧で、何よりもとても楽しそうに動き回っている。

遠くからしづるの働く様子を見ている光洋に、しづるが気づいた。

「光洋！」

店長に許可を取ったしづるが、大急ぎでこっちへ向かってくる。

「ごめんな。まだ帰れそうにないんだ。本当ならもう終わる時間なんだけど」

「ああ、いいよ。じゃあ、駅前のコーヒーショップで待ってる」

待ち合わせ場所を決め、しづるは来たときと同じように小走りで店に戻っていった。去っていく背中が弾んでいる。だいぶ人間っぽくなったしづるだが、嬉しいときに跳ねるようにして走る姿は、出会った頃のままだった。


コーヒーショップに入り、三十分ほど待ったところでしづるがやってきた。店に入ってきたしづるは店内を見回し、光洋を見つけると笑顔になり、こちらにやってきた。ホットミルクとフルーツタルトを注文している。

「ケーキ食べるのか？」

「うん。ここの、美味しいから」

「家帰っても、また桃缶食べるんだろ？」

「そっちは別腹だ」

「同じ腹だろ。デザートなんだから」

しづるは相変わらず果物が好きだ。幸せそうにフルーツタルトを食べているしづるに、周りの人がチラチラと視線を送る。どこへいっても人目を引く美貌は変わらない。

「店長に来月の休みの許可もらってきた。日曜だけど、休んでもいいって」

「そうか。じゃあ、出掛けられるな」

休みの違う二人なので、時々はどちらかが休みを合わせて遠出をする。温泉地を巡ったり、アミューズメントパークや植物園に行ったりして、今回は花鳥園に行こうということになっていた。

「楽しみだな。おれは鳥には好かれるから」

いつか動物園を訪れたときに、動物たちがパニックを起こし、切ない思いをしたしづるだから、なるべく動物たちと触れ合う場所を避けて遊びに行っているのだ。

「でもさ、しづる。最近猫とか逃げなくなっていないか？」

「そうかな？」

猫や犬などを飼っている家庭は多く、光洋たちの住むアパートの近くでも、野良なのか外飼いなのか、猫に遭遇することがしょっちゅうある。以前はしづるが近づく前から脱兎（だっと）のごとく逃げ出していた猫だったが、最近はしづるが近くを通り過ぎても気づかずに昼寝をしていたりする。犬にも理不尽に吠えられることが少なくなった。

「こっちからあんまり近づかないようにしているから、分かんないや」

飛び抜けた美貌を持つしづるは、それ以外はほとんど人間と変わらない。頭の角は、あれ以来生えてくることはなく、今では帽子で隠す必要もなくなった。爪の伸びもだいぶ遅くなった。それでも光洋よりは早く、相変わらず自分で切ることは断固拒絶し、光洋の膝の上で優雅に爪を切らせている。

「鬼の角」と「鬼削りの石」から湧いた水によって、一命を取り留め、こうしてつつがなく生活ができているしづるでも、鬼としての力は、完全には回復していない。

これから何年か、或いは何百年かを掛け、徐々に回復していくのかもしれないが、今のしづるは、緑の指を持つ特別綺麗な青年としか見えなかった。

鬼の寿命は五百年。しづるはだいたい二百歳ぐらいだと言っていたから、あと三百年は生きていくことになる。普通の人間の光洋は、いずれしづるを置いて先に逝くことになるだろう。そのとき残されたしづるのことを思うと、今から心配になるのだが、孝志はしづるの角が削れた分、寿命も削れているんじゃないかと言った。

人間に憧れ、人間と共に生きていきたいと望んだ鬼は、その思いを果たし、より人間に近づいたんじゃないかと、そう言った。

猫はしづるを避けない。犬も吠えなくなった。しづるの頭には、もう角は生えていない。

「夕飯なんにしようか」

「鍋！」

「鍋ぇ？　もう夏になるんだぞ？」

「いろんな材料をいっぺんに食えるのがお得だろ？」

「お得の使い方を間違っている」

「デザートは桃缶な！」

「それはもう、わざわざ言わなくても分かっていることだから」

「桃缶は美味いぞ。あれを発明した人は、天才だと思う」

いつもと変わらない艶（あで）やかな笑顔を作り、しづるが高らかに桃缶を賛美する。

「それで、夕飯はなんにする？　鍋以外で」

「鍋以外か。そうなると……難しいな。おれはどうしたらいいんだ」

「そんなに深刻な話なのか」

他愛ない会話を交わしながら、しづるが承知してくれたなら、いつかまたあの動物園へ、しづるを連れて行ってみたいと、そんなことを考えた。

あとがき

こんにちは、もしくははじめまして、野原滋です。

昔から「泣いた赤鬼」のシチュに激萌えしていた筆者です。お人好しの鬼を利用する極悪人の桃太郎とかどうだろう……なんていう思いつきから生まれたお話でした。鬼がピュアであればあるほど、人間のほうに罪悪感が増していき、切ない展開になったらいいなあと思いながら書きました。読者さまにもこの切なさが伝わったなら嬉しいです。

イラストをご担当くださった金ひかる先生、今回も素敵なイラストをありがとうございました。しづるが可愛らしく、光洋が凛々しいけどお人好しな感じがよく出ていて、二人がより愛おしい存在になりました。

担当さまには今回も大変お世話になりました。設定をあれこれ取り入れすぎて「ヘンテコな家が建っちゃいますよ！」と言われたことが今でも忘れられません（笑）。ちゃんとした家になっているでしょうか。

そしてここまでお付き合いいただいた読者さまにも厚く御礼申し上げます。

千年の約束を長い間待ち続けたしづると、そんなしづるに出会ってしまった光洋の、戸惑いながらも前に進んでいく物語を、どうか見守ってやってください。

野原滋

✦初出　鬼の子いとしや桃の恋……………書き下ろし

野原滋先生、金ひかる先生へのお便り、本作品に関するご意見、ご感想などは
〒151-0051 東京都渋谷区千駄ヶ谷 4-9-7
幻冬舎コミックス　ルチル文庫「鬼の子いとしや桃の恋」係まで。

RB 幻冬舎ルチル文庫

鬼の子いとしや桃の恋

2020年5月20日　　第1刷発行

✦著者　野原 滋　のはら しげる

✦発行人　石原正康

✦発行元　株式会社 幻冬舎コミックス
〒151-0051 東京都渋谷区千駄ヶ谷 4-9-7
電話 03(5411)6431［編集］

✦発売元　株式会社 幻冬舎
〒151-0051 東京都渋谷区千駄ヶ谷 4-9-7
電話 03(5411)6222［営業］
振替 00120-8-767643

✦印刷・製本所　中央精版印刷株式会社

✦検印廃止

ISBN978-4-344-84662-3　C0193　Printed in Japan